Monsieur CHARLES

ARIANE ACCOMPLIE

Édition : BoD · Books on Demand GmbH, In de Tarpen 42,

22848 Norderstedt (Allemagne)

Impression : Libri Plureos GmbH, Friedensallee 273, 22763 Hamburg (Allemagne)

ISBN : 978-2-3225-5334-1

Dépôt légal : Décembre 2024

I

Baptiste venait d'arrêter le moteur de sa motobineuse. Il s'épongea machinalement le front et s'apprêtait à goûter une gouliche de la bière brassée par sa femme, lorsqu'il perçut un froissement dans l'air. Cela venait du nord. Il scruta le ciel sans voir rien d'inquiétant, cependant le bruit grandissait jusqu'à devenir vrombissement. Bon sang ! Encore une de leurs saletés de drones ! Pour sûr, l'engin allait une fois de plus pulvériser l'herbicide sur les épeautres, les orges, les blés. Sans attendre, il emboucha sa trompe de chasse et lança deux coups brefs d'alerte. Plusieurs trompes répondirent en écho.

Baptiste saisit le gros fusil qu'il gardait toujours près de lui lorsqu'il allait aux champs. Il chargea cinq cartouches spéciales dans le magasin et fit jouer la culasse pour armer. Il vit débouler René par le chemin creux.

-Tu n'as pas de fusil, R'né ?

-Ben non, mais j'ai des jumelles.

C'étaient d'antiques jumelles d'artilleur permettant d'évaluer assez précisément les distances.

-Je le vois, grogna René. Il est à mille mètres de la mire du château d'eau... René comptait mentalement le temps qu'allait mettre l'engin pour passer à la verticale de la géodésique. Là, c'est bon, il vole à-peu-près à deux cents à l'heure, le temps de compter jusqu'à vingt... Un, deux, trois, ... Baptiste tenait l'engin en joue ; il fallait qu'il tire quelque cinquante mètres en avant, à dix-neuf. Dix-sept, dix-huit, dix-neuf. Baptiste pressa la queue de détente, le recul lui meurtrit l'épaule. L'avant du drone éclata. Baptiste rajusta son tir et doubla, une aile se détacha, une pluie de débris s'abattit sur les bois.

-Toujours aussi bon, Baptiste ! Ça t'en fait combien ?

-Oh ! Quatorze seulement. En tous cas, ces nouvelles cartouches font du dégât !

Une seconde auparavant, l'agent Enaid avait aperçu sur l'écran de suivi un projectile très rapide se précipitant à l'avant du drone, puis l'image disparut dans une zébrure de bleu et de vert. Ils ont eu le drone, ragea-t-il.

-Agent QRT Enaid à Intelligence Centrale : drone DIOX numéro trente-sept détruit par ennemi. Coordonnées approximatives quarante-six point seize soixante-sept nord, un point quatre est.

L'Intelligence centrale émit un bip de réception. Ce n'est pas croyable, pensait Enaid, nous avons perdu quarante drones dans cette zone en cinq semaines. Premièrement : comment peuvent-ils détecter un appareil en composites, sans signature radar ni signature thermique et presque silencieux ? Deuxièmement les satellites ne signalent aucune arme antiaérienne dans cette méchante région. De toute façon, le projectile ne devait pas être plus gros qu'une balle de fusil de chasse, mais sacrément plus rapide. Et chargé d'un fichu explosif ! Il enregistra un rapport destiné au Représentant Areh.

Dépité, il fit machinalement défiler les images envoyées par les caméras de surveillance de la Bulle - ainsi se nommait la cité transhumaine. Tout semblait calme et en ordre, même dans la zone de la porte Assa, entrée du quartier racisé. Finalement, se dit-il, même si ce n'est pas satisfaisant en regard du Projet, la séparation entre les différents groupes intersection-nalistes a ramené le calme. Hum ... ! Je ne devrais pas penser cela ! Mieux vaut penser à autre chose. Voyons un peu l'Institut des Sciences.

Le hasard de la divagation télévisuelle amena sur l'écran une petite salle où, devant une dizaine d'étudiants, une jeune femme manipulait une statuette. L'objet était une figurine haute de quinze à vingt centimètres, sorte d'humanoïde équipé de quatre ailes, les pieds semblables à des serres de rapace, les mains griffues, le visage assez semblable à l'une de ces chimères homme-animal produites au Laboratoire d'Hybridation. Curieux, Enaid activa le micro.

-Comme vous voyez, disait la jeune femme, Pazuzu, enfin, la statuette, porte des inscriptions. Il est Celui Qui Fait Trembler les Montagnes...

Ah ! Encore un de ces cours qui ne servent à rien ! ronchonna Enaid. Il focalisa la caméra sur l'oratrice. Visage ovale très régulier, menton volontaire, cheveux plutôt rebelles mais disciplinés en chignon, bouche aux lèvres pleines, et surtout des yeux très mobiles exprimant à cet instant de l'amusement. Intelligence

Centrale identifia ce professeur : PEC Ariane, accréditation de niveau trois. Il se promit d'en étudier le curriculum vitæ. Manifestement, le cours se terminait.

Ariane, tout en rangeant la statuette dans un coffret, s'adressa aux étudiants :

-N'oubliez pas l'examen partiel de jeudi. Lors du prochain cours, nous aborderons les rapports entre genres à Ninive tels qu'on a essayé de les reconstituer dans la Haute-Époque de l'Âge Patriarcal !

Disant cela, Ariane songeait tout à part soi : quelles stupidités faut-il prononcer pour être tolérée dans cet univers de fous ! Le malheur voulut qu'elle levât les yeux au ciel, accompagnant sa pensée, et que cette mimique non ambiguë fût aperçue par Enaid.

-Tiens ! Tiens ! se dit-il, en voici une qui derrière son minois innocent n'en concocte pas moins de méchantes pensées incorrectes. Je ne vois pas de trace, dans ce qu'elle a écrit sur le tableau, d'écriture inclusive ! En somme, elle ne respecte pas les codes. Je vais faire un rapport au Représentant Areh. En attendant, suivons-la.

Il activa le transpondeur de l'implant sous-cutané d'Ariane.

Ariane rajusta la longue écharpe blanche autour du col de son manteau à coupe cintrée mettant en valeur sa sveltesse, et, sa petite mallette à la main, elle gagna la station du Magnétorail, direction Porte Proto-humaine. C'était le quartier dévolu aux humains nés par voie naturelle à-partir de l'an II du Grand Reset ; individus inclassables autrement que selon des critères discriminatoires tels « naturels », « non racisés », « cisgenres » et autres caractéristiques les distinguant de la majorité des habitants de la Bulle.

Ariane, assise dans un compartiment vide du Magnétorail, regardait défiler les bâtiments de la Zone Industrielle : fermes de culture hydroponique, Nutriments Officiels, et comme à chaque passage son cœur se glaça lorsque le train longea l'IRT, l'Institut de Reproduction Transhumaine, avec sa banque de gamètes, son centre de GPA, sa couveuse abritant des utérus artificiels, et le Laboratoire d'Hybridation.

L'implant détecta en cette circonstance un singulier désordre : abaissement de la tension artérielle, ralentissement du rythme cardiaque et, paradoxalement, un véritable orage de sérotonine et d'adrénaline. Cette configuration insolite éveilla l'Intelligence Centrale qui émit aussitôt une hypothèse : « Sujet apeuré ou dégoûté, nourrissant en conséquence une vive colère. » Enaid établit de lui-même le lien entre la position de la voyageuse dans la Bulle et ses réactions. Assurément elle détestait l'IRT ! Voilà qui devenait de plus en plus intéressant.

Au même moment, Baptiste et René relataient l'attaque du drone à l'Assemblée de la Communauté de Val-Aux-Blés. Le vieux Martial, maire du village, écouté comme le sage qu'il était, commenta l'évènement.

-Les transhumains cherchent encore à nous affamer en détruisant nos cultures. Toutefois, leurs engins ont trouvé à qui parler, nos nouvelles munitions autopropulsées les ratiboisent. Nous aurons bientôt des moyens très précis de détection et de visée. Je doute qu'ils n'aient recours dans l'immédiat à une attaque aérienne massive, avec de gros appareils. D'une part la Confédération a pratiquement bloqué leurs voies d'approvisionnement en métaux et terres rares, d'autre part ils manqueront bientôt d'ingénieurs, car les êtres transhumains qu'ils fabriquent n'ont pas le niveau intellectuel qu'ils espéraient, lorsqu'ils ne sont pas purement et simplement débiles.

- La Nature se venge ! ricana quelqu'un dans l'assemblée.

-Assurément, répondit l'édile, néanmoins nous ne sommes pas à l'abri d'un coup de main des chimères, ces saletés d'hybrides. Nous avons reçu au chef-lieu du matériel de combat. Les Gardes iront s'instruire à son maniement sous la direction de Gérald, major de la Centurie. Mais pour l'heure, fêtons la victoire de nos deux chasseurs de drones !

II

Le Magnétorail s'arrêta devant la porte Proto-humaine. Contrairement aux portes des autres arrondissements, cette entrée ne comportait ni décoration ni inscription symbolique. Chaque porte étant programmée pour ne laisser passer que les habitants de l'arrondissement, celle-ci reconnut Ariane et s'ouvrit. Au-delà s'étendait un paysage urbain vieillot par contraste avec les hautes tours de verre, acier et béton des autres espaces de la ville. Ici, les bâtiments en pierre dont le plan relevait d'une architecture totalement obsolète depuis l'an II du Grand Reset, ne dépassaient guère une hauteur de trois étages. Fait notoire, alors qu'ailleurs personne ne possédait de maison en toute propriété, et ne détenait de fait rien d'autre en propre, dans ces quartiers-là nombreux étaient les habitants propriétaires de leur logement. Cette survivance de l'ancien patriarcat, juraient les Potentats, ne persisterait qu'aussi longtemps que les Naturels seraient utiles au Monde Nouveau. Ensuite…

Ariane sortit une clef et fit jouer deux vieilles serrures à cylindres avant de présenter son index gauche à la pince de vérification. Cet ancien dispositif empêchait, au moins en principe, l'Intelligence Centrale d'ouvrir le logement à des visiteurs trop curieux. L'appartement dont Ariane avait hérité de ses parents était spacieux, éclairé et soigneusement rangé. Sur le petit écran du vestibule s'affichait un avis des Magasins Généraux informant l'occupante du lieu qu'un drone avait livré un paquet-repas sur la plateforme du balcon à 16h 31.

Ne se faisant aucune illusion quant aux voluptés gustatives que pourrait lui offrir le contenu du colis en question, Ariane déballa, morose, deux boîtes tronconiques, l'une marquée « protéines végétales » (sans doute boulgour, tofu, ou germes de soja), l'autre étiquetée « protéines animales de synthèse ». Ariane fit une grimace de répugnance : peut-être était-ce-là un succédané de viande poussé sur une flaque d'hydrocarbures ou, pire, de la chair humaine recyclée selon le nouveau goût du jour, prétendait-on. Elle précipita cette horreur dans le désintégrateur d'ordures ménagères. Il restait encore une gelée rosâtre et une canette de breuvage assez semblable au vieux Coca-Cola.

« Ce n'est pas manger ! » pensait amèrement Ariane en avalant péniblement le brouet épais, inodore et sans saveur aux fameuses « protéines végétales ». C'est se nourrir, et encore très mal. Voilà bien leur Monde Nouveau, où les humains sont traités plus mal que le bétail lorsque j'étais petite !

Une sonnerie l'avertit qu'elle avait passé l'heure d'allumage obligatoire du téléviseur. Excédée, elle actionna l'interrupteur, puis activa le générateur de bruit blanc. Cet appareil, inventé par son génial physicien de père, annulait le bruit du téléviseur -qu'il était interdit de faire taire- en lui substituant des sons agréables tel le clapotis des vagues. Ainsi, l'Intelligence

Centrale la croirait connectée mais elle ne serait pas importunée par la propagande.

Ariane se souvint des jours encore heureux, malgré les guerres civiles déclenchées par le Grand Reset, lorsque vivaient ses parents. Papa adorait cuire de grosses poêlées de frites pour accompagner des steaks garnis d'herbes aromatiques et d'oignons frits. Maman, elle, préparait du canard à l'orange nappé d'une sauce au foie gras. Comme ces petits bonheurs familiaux étaient loin ! Tout l'art de la table avait disparu avec le triomphe des végans et des antispécistes, sotte engeance fanatique. Les familles également ont disparu, plus de Papa, plus de Maman, seulement des parent-un, parent-deux souvent de même sexe, et les viscères de verre et matière plastique des incubateurs de fœtus orphelins ! Quel monde monstrueux !

Ariane n'était pas fille à pleurnicher, contrairement aux éternelles « victimes », mais une larme vint couler sur sa joue au souvenir de ses parents disparus depuis six années dans un mystérieux accident. Papa ! Maman ! Comme nous nous aimions ! Et combien m'avez-vous appris !

Du torrent des souvenirs émergea une tablette d'argile d'assez petites dimensions, comportant quatorze lignes et quatre ou cinq colonnes gravées en caractères cunéiformes. Sa mère, excellente spécialiste de la Mésopotamie, l'appelait N644. Ce n'était qu'un moulage de l'original, et Maman avait entrepris de l'étudier ; elle tenait souvent de mystérieux conciliabules avec ce matheux de Papa, en invoquant le terme de « trigonométrie ».

Il existe une copie numérique de cette tablette à l'Institut, songea Ariane, il suffit d'une imprimante 3D pour la restituer. Pourquoi n'est-elle pas accessible aux chercheurs de niveau trois, comme moi ? Ces fous numériques la craindraient-ils ? Ils professent le mépris des anciens savoirs qu'ils qualifient de « patriarcaux », « suprémacistes », « racistes », mais ils mettent de tels documents bien à l'abri. Si N644 est une table trigonométrique et si, ainsi qu'ils le prétendent stupidement, les mathématiques sont vraiment « racistes », pourquoi ne l'ont-ils pas détruit ? Je parierais que si les Dissidents, les « déplorables » comme ils les appellent, connaissaient cette trigonométrie, ils sauraient en faire bon usage.

Presque inconsciemment, Ariane venait de franchir l'une des innombrables limites imposées par les Potentats du Monde Nouveau à tous les humains et transhumains de l'hémisphère occidental, du moins à tous ceux tombés sous leur coupe : elle pensait hors des Normes.

« Je dois reprendre et achever le travail de Maman, décida-t-elle, après tout c'est elle qui m'a appris à lire les documents de Mésopotamie. Le Code d'Hammurabi, c'est bien ; N644 pourrait peut-être nous révéler mieux. Le tout est d'y accéder sans attirer l'attention des Kapos et de l'Intelligence Centrale !

Elle se souvint de l'agent Estelle, chargée de l'impression 3D des facsimilés mis à la disposition des étudiants. Estelle trahissait parfois un esprit rebelle, mais il n'était pas pensable de la mettre en péril en lui demandant d'imprimer pour elle un document accessible seulement aux accrédités du huitième niveau. L'Intelligence Centrale, espionnant absolument tout, décèlerait illico le délit.

Néanmoins Ariane se connecta à l'atelier de reprographie de l'Institut au prétexte de commander une édition des Actes d'Hattušili Ier, roi hittite, ce qui lui permit de consulter la liste des travaux en attente. En veine, elle nota qu'un Professeur accrédité niveau huit demandait copie du N644 pour le six mai prochain. Elle posta donc sa commande pour exécution le même jour, espérant pouvoir prendre une empreinte du facsimilé interdit en récupérant le sien. Si Estelle acceptait de placer N644 assez loin de la surveillance, ce qui pouvait se justifier dans le cas d'un document ultraconfidentiel, mais près d'Hattušili, l'empreinte pouvait être prise rapidement et discrètement.

Cependant, il n'était pas question de saisir la traduction et les interprétations du document sur quelque support numérique, y compris sur son propre ordinateur, car l'Intelligence Centrale visitait tout objet connecté. Malheureusement, depuis quelques mois l'usage du papier et de l'écriture manuscrite étaient prohibés, les Kapos ayant découvert des échanges de libelles mal-pensants entre dissidents. Ariane ne pourrait donc disposer que de quelques feuilles vierges arrachées aux carnets de ses parents et des emballages en carton des Magasins Généraux. Heureusement, il lui restait quelques crayons à mine de graphite.

III

Tandis qu'Ariane faisait ses premiers pas vers la dissidence active, le Représentant Areh prenait connaissance du mémorandum envoyé par Enaid. Interrogée à propos de cette PEC Ariane, l'Intelligence Centrale lui apprit que celle-ci était fille d'un ménage patriarcal de chercheurs disparus depuis six ans en service commandé (les détails de l'accident n'étaient pas même accessibles à un Représentant). Elle faisait partie d'une élite scientifique très restreinte mais hautement protégée. Un Podestat, dont la vie aurait été sauvée grâce aux parents d'Ariane au cours d'une expédition en Irak, s'était institué protecteur de la jeune femme. Voilà qui ne me facilite pas la tâche, songea Areh, d'autant moins que le sujet vit dans le quartier des « Naturels » dont les logements ne sont pas équipés de dispositifs de surveillance domestique. Grave lacune !

Au fond, se dit le Représentant, le sujet n'influence qu'une dizaine d'étudiants et son enseignement ne semble pas en contradiction avec l'idéologie du Monde Nouveau. Un détail, cependant, retint son attention : le sujet, âgée de trente ans, refusait tout prélèvement d'ovules en faveur de l'Institut de Reproduction Transhumaine ; aux yeux d'Areh, cette réticence constituait un cas grave de désobéissance, surtout en ce moment où la reproduction de la population transhumaine nécessitait absolument l'apport de gamètes saines, c'est-à-dire naturelles. Il décida en conséquence de soumettre Ariane à une surveillance de haut niveau, tout en tenant compte de la protection dont elle bénéficiait.

Loin de la Bulle, lorsque la Centurie « Gartempe » eut terminé l'entraînement avec ses nouvelles armes, sous la conduite du major Gérald, le centurion Toussaint convoqua ses hommes.

-Compagnons ! Nous devons nous tenir toujours prêts à combattre et à faire face à de nouvelles menaces. Les rapports de nos agents infiltrés chez l'ennemi nous signalent la fabrication de nouvelles chimères dans leur laboratoire d'hybridation. Ils ont réussi à bricoler des transhumains en ajoutant à l'ADN des morceaux empruntés à des lézards ou des tritons, et des gènes de reptiles, des crotales, je crois. Ça donne des machins assez bas de plafond, mais capable de voir des corps chauds de plus de vingt-cinq degrés dans l'obscurité et surtout de régénérer des parties endommagées de leur anatomie : bras, jambes, viscères et même le cœur.

Comme un élan de curiosité suscitait quelques murmures dans les rangs, Toussaint reprit :

-Ça ne se fait pas en un clin-d'œil, il leur faut du temps pour se rafistoler. Mais ces trucs doivent sacrément bien encaisser ! Une chose : leur cerveau n'est pas génial et ne se regénère pas. Donc si vous en rencontrez, explosez-leur directement la citrouille !

Un peu plus tard, le décurion Alexis renonça à se joindre au balthazar de la centurie et regagna son village de Val-Aux-Blés. Mathématicien de formation, il partageait son temps entre des travaux de génie civil, l'enseignement, et sa passion : l'astrophysique. Avec l'approbation du curé, il avait installé son observatoire dans le clocher à claire-voie de la vieille église romane. Arrivé là, il vit que le ciel était bien dégagé, l'atmosphère limpide, et conclut que le moment était propice à l'observation du Soleil.

Au travers d'un filtre H.Alpha, il constata une forte activité des protubérances. Il remplaça le filtre par un autre en plastique métallisé qu'il fixa à l'avant du télescope. De nombreuses taches apparaissaient à la surface de l'astre. Au fil des heures, de nouvelles devenaient visibles près du limbe. Il comparerait plus tard les images obtenues avec celles des enregistrements précédents, mais il était pratiquement sûr que le nombre des taches dépassait deux cent quatre-vingts. Alexis pris note de transmettre ces observations à l'Observatoire Provincial chargé de synthétiser les données locales.

Au même instant, Enaid négligeait l'affichage du Bulletin d'Activité Solaire envoyé par l'Intelligence Centrale. Le même décompte de taches que celui effectué par Alexis conduisait à prévoir une activité de magnitude G2. Il n'y avait pas matière à s'inquiéter, pensa Enaid, nous saurons gérer. Pour l'heure, il était obnubilé par la traque d'Ariane.

L'écran montrait le sujet dans l'atelier de reprographie, parlant à l'agent Estelle. Toutes deux tournaient le dos à la caméra pilotable par les Kapos du niveau d'accréditation d'Enaid, le champ était donc réduit, le micro trop peu directif ; l'espion ne pouvait pas savoir ce dont parlaient les deux Naturelles.

Estelle avait rapidement compris où Ariane voulait en venir, elle ne manifesta ni étonnement ni réticence à accomplir une action potentiellement dangereuse. Ariane eut même l'impression qu'Estelle appréciait cette violation des règles de confidentialité. Lorsque les deux imprimantes sollicitées eurent terminé, Estelle plaça les deux facsimilés côte-à-côte sur une table hors du champ de la caméra, prit sur une étagère deux vaporisateurs d'une substance étiquetée « Anti-Reflet. Photosensible ». En réalité, l'un des deux contenait de la pâte de moulage à la silicone. Avec des produits photosensibles, il était normal d'opérer sous une sorte de tente opaque. Estelle put ainsi facilement prendre l'empreinte du N644 et, après quelques minutes de polymérisation, la cacher sous le document Hattušili qu'elle remit à Ariane qui pensa que, manifestement, Estelle n'en était pas à son coup d'essai.

Enaid n'avait rien décelé d'illégal : le sujet avait récupéré un document de niveau trois, et le document de niveau huit n'avait pas été exposé à sa vue. Quant à l'agent Estelle, même si elle connaissait l'accréditation des demandeurs, elle n'était pas capable de déchiffrer une écriture à clous inventée par une bande de barbares patriarcaux. Enaid se sentait frustré.

De retour à son appartement, après une longue journée à l'Institut au cours de laquelle elle dut s'efforcer de se conduire normalement, Ariane découvrit le sempiternel colis nutritif des Magasins

Généraux, banalement fade et rebutant comme à l'ordinaire. Pour ne pas périr d'inanition, cependant, elle dut ingurgiter distraitement quelque nutriment, tout en songeant où cacher et comment employer le document très délictueux. À l'Institut, n'importe quel Kapo le découvrirait, et chez elle, il faudrait trouver une cachette qu'une éventuelle perquisition ne découvrirait pas. Or la Police Politique explorait jusqu'aux pieds creux des lits et des tables, l'envers des cadres, sondait les murs par échographie, démontait les prises électriques. Pire que des corbeaux dans un charnier !

Le mot « corbeaux » évoqua un poème d'Edgar Poe, traduit par Baudelaire, deux auteurs interdits parce que vieux, Blancs, suprémacistes et patriarcaux. Les parents d'Ariane lui avaient fait lire les *Poèmes* mais aussi des Nouvelles dont *La Lettre Volée*. Voilà l'idée ! Je ne peux pas retourner l'empreinte comme la lettre, mais je pourrais la mélanger avec celle d'un autre document, mêler les fragments du N644 aux lignes du document-support qui pourrait être une tablette de calcul, genre abaque. Dans les archives laissées par sa mère, elle trouva un moulage de la tablette YBC 7289, non classée confidentielle, traitant de l'approximation de la racine de deux. Cela ferait l'affaire ; elle en prit l'empreinte.

La fusion des deux documents, sensiblement différents de présentation, n'était pas simple, il fallait découper finement pour obtenir un collage en trompe-l'œil. Paradoxalement, la difficulté de la tâche mettait le corps d'Ariane presque en état de relaxation tandis que son cerveau travaillait. C'est pourquoi l'agent de la Police Politique mandaté par Enaid pour surveiller

Ariane ne détecta chez elle, via l'implant, aucune activité métabolique particulière et nota : « Domicile, 4H.00. Sujet au repos. »

Au petit matin, Ariane contempla le résultat : il pouvait faire illusion aux yeux des analphabètes de la PP et des Kapos. Elle en tira un positif sur une tablette en plâtre de moulage humide. Une fois sec, le rendu du cryptage était parfait. Un peu de colorant pour vieillir l'objet, une couche de vernis, un vieux cadre de bois, et le document fut suspendu au mur. La lecture du N644 ne posant pas de difficulté particulière, Ariane, satisfaite de son travail, détruisit les empreintes et s'endormit. « Domicile, 9 :30. Sujet toujours au repos. » nota le sbire de la PP.

Le Représentant Areh prit connaissance des rapports de la PP et d'Enaid. Rien de répréhensible en apparence dans le comportement du sujet. Mais sans qu'il sût trop pourquoi, il trouva étrange qu'Ariane ait été présente dans l'atelier de reprographie alors qu'on éditait cette tablette N644 hautement classifiée. Il décida de faire passer discrètement des micro-caméras dans le logis du sujet.

IV

Le lendemain, Ariane se rendit à l'Institut. Profitant de son absence, deux techniciens de la police politique introduisaient dans les gaines de l'épurateur d'atmosphère du logement deux minirobots équipés de caméras. Plan des canalisation en mémoire, ces machines allèrent s'embusquer derrière les grilles d'aération, l'une dans le salon, l'autre dans la chambre d'Ariane. Le Kapo Enaid vérifia le fonctionnement en effectuant un panoramique des pièces. Rien d'étrange, pas même les photos des parents du sujet à côté d'une reproduction de tablette antique correspondant à un « document non classé » selon l'Intelligence Centrale.

Ariane revint vers dix-sept heures. Enaid nota son aversion lorsqu'elle ouvrit le colis quotidien des Magasins Généraux. Elle prit une feuille de carnet, un crayon à mine, puis s'assit visiblement dans l'intention de travailler. Enaid focalisa sur le papier où Ariane traçait des symboles ressemblant à des clous... Ah ! Oui ! des « cunéiformes », alphabet de sauvages, pensa le Kapo. En fait, Ariane voulait vérifier que les inscriptions du N644 représentaient bien des nombres rangés dans une table de quinze lignes et quatre colonnes, chaque cellule ainsi définie devant contenir un nombre dans la base sexagésimale, pensait-elle.

Chaque chiffre note une valeur de zéro, l'espace, à cinquante-neuf. On décale d'une puissance de soixante en lisant vers la gauche. J'utilise un point pour séparer les chiffres, et le point-virgule pour séparer la partie entière des sexagésimales, s'il y en a.

Voyons… 〈〈𒁹𒁹𒁹 〈〈〈 〈〈〈𒁹 . Elle nota sous chaque chiffre sa valeur décimale : 23.30.31 puis additionna (31 x 1) + (30 x 60^1)+(23 x 60^2) = 84 631. « Ça marche ! » exulta-t-elle tout haut.

Enaid, éberlué, ne comprenait pas grand-chose, sinon que le sujet semblait doué en calcul. Mais de quoi s'agissait-il ? Soudain, le Kapo s'avisa qu'il avait nettement entendu l'exclamation d'Ariane, mais pas le son du téléviseur, obligatoirement allumé. Interrogée, l'Intelligence Centrale confirma le bon fonctionnement de l'engin. Conclusion : « utilisation délictueuse d'un brouilleur d'écoute ». Il songea avec une délectation sadique que, décidément, le sujet accumulait les délits, suffisamment pour être inculpé de dissidence. Il adressa un compte-rendu au Représentant Areh.

Ariane consacra une partie de la soirée à poursuivre ses transcriptions, travail préalable à toute analyse ; lorsqu'elle eut enfin éteint l'éclairage, Enaid n'ayant rien de plus à apprendre mit les caméras en veilleuse et abandonna sa surveillance. Nul doute, songeait-il, que le sujet risquait de sérieux ennuis.

Tandis qu'Ariane s'occupait au sommeil, il était neuf heures à Novosibirsk lorsque l'astrophysicien Pavel Nikolaïevitch fit défiler vingt-sept clichés de la surface du Soleil pris à vingt-quatre heures d'intervalle, et compta le nombre de taches. Huit nouvelles étaient apparues, trois avaient disparu. Le coronographe révélait six protubérances de forte amplitude et trois moins actives. Phénomène insolite, un groupe de taches évalué selon l'effet Zeeman affichait un champ magnétique local de 7352 gauss, un record. Un magnétographe embarqué sur satellite donnait une valeur moyenne du champ magnétique solaire de 5725 gauss. Pavel pensa que cette activité croissante du Soleil pouvait constituer le prodrome d'une colossale tempête magnétique. Il transmit les données à l'Académie des Sciences de Russie qui les diffusa dans les pays de l'hémisphère oriental et au réseau de Météorologie Solaire de la Confédération, entité regroupant les communautés dissidentes de l'hémisphère occidental. C'est ainsi qu'elles arrivèrent sur le photoscripteur d'Alexis, à Val-Aux-Blés, en même temps qu'une alerte « FARADAY ».

Cinq heures plus tard, sept heures du matin à la Bulle, le Représentant Areh jeta un coup d'œil rapide au Bulletin d'Activité Solaire envoyé depuis un centre texan à l'usage des états de l'hémisphère Occidental. Les données étaient proches de celles reçues par Alexis, mais aucune alerte n'était émise. Bien plus intéressant était le rapport de l'agent QRT Enaid faisant apparaître assez clairement que le sujet Ariane était une Naturelle dissidente. Les indices ne manquaient pas : réticence au don de gamètes, emploi d'une écriture non-inclusive, possession de papier et de crayon, utilisation d'un anihileur de son. C'était suffisant pour envoyer n'importe quel dissident en camp de rééducation, mais le sujet semblait bien protégé, se souvint Areh, donc il fallait vraiment nourrir le dossier et être prudent.

Il était intrigué par les travaux d'Ariane. Certes, elle traduisait un texte, ou plutôt une table Mais de quel document s'agissait-il ? Lisait-elle, ou faisait-elle jouer sa mémoire visuelle ? En parcourant les instantanés envoyés par l'agent Enaid, il se rendit compte qu'à aucun moment la caméra ne suivait le regard du sujet. Cet abruti racisé, pensa-t-il, n'y a même pas pensé ! Complètement fasciné par ce qu'elle écrit ! Furieux, il envoya des instructions précises à Enaid, assorties d'un blâme pour désinvolture dans l'accomplissement de ses fonctions.

Mortifié et inquiet, Enaid dut reprendre sa faction le soir même, lorsque l'implant permit de localiser Ariane à proximité de son appartement. Ariane se mit au travail en arrivant, prenant simplement la peine de grignoter un genre de biscuit des Magasins Généraux. Elle travailla un moment, sans que son regard se fixât sur quelque objet particulier en dehors de la feuille sur laquelle elle notait ses calculs. Elle était intriguée par le fait que la colonne des nombres la plus à gauche, notée « *Takiltum* » commençait par le chiffre 1. Par exemple, la première de la ligne treize comportait 1.27.00.03.45. Takiltum, pensait-elle, cela pourrait être un carré, mais de quoi ? Si c'est de la trigo babylonienne, ça a un rapport avec les rectangles. Ah ! La diagonale ! L'hypoténuse d'un triangle rectangle ! Dans la trigo actuelle, elle vaut 1. Mais alors, quel est le rapport avec les deux colonnes suivantes ? La toute dernière, est tout simplement, je suppose, le rang.

Enaid s'agaçait, non seulement le sujet ne contemplait rien de précis en dehors de son papier, mais ne disait rien !

-Zoome sur les lignes qu'elle a écrites ! claqua la voix d'Areh dans les écouteurs. Précisément sur les clous... Bien ! Prends un instantané !

-Voilà ! Je vous l'envoie ?

- Crétin de trans ! hurla Areh, envoie ça à l'Intelligence Centrale pour rechercher un matching dans le Big-Data. Tu n'y avais pas pensé, hein ?

Enid avala ce qu'il fallait bien considérer comme une insulte, et interrogea l'IC. Il attendit quelques minutes, suivant des yeux la barre de progression, puis entendit « Matching. Document N644 ligne 13 ». Bingo ! cria-t-il.

-Bingo ? Tu n'es pas au Loto, espèce de pêche-lune ! Bon... Et maintenant ?

-Nous la tenons !

-Ah oui ? Et tu crois qu'elle connaît toute la tablette par cœur ? Cherche un peu autour, il y a peut-être quelque chose.

Le Kapo promena la caméra. Il aperçut la tablette fabriquée par Ariane, la photographia et envoya une requête d'analyse à l'IC. Celle-ci demanda un peu de temps, mais enfin le résultat le combla d'aise : « N644 inséré dans document non répertorié. Récupération complète. Matching 100% avec l'original. » Son compte est bon, cette fois !

V

-Cesse de jubiler ! intima Areh. Arrête les caméras, envoie une équipe les récupérer et rapplique illico dans mon bureau !

-Mais... On ne l'arrête pas ?

-Nous allons réfléchir au coup suivant. Pour le moment, elle doit ne se douter de rien. Et tu laisses tranquille la fille de la reprographie. Pas de vagues, c'est une grosse affaire.

Areh cogitait à toute vitesse, les sourcils froncés, lorsqu'Enaid entra dans le vaste bureau.

-Nous devons régler la question, commença le Représentant. Manifestement, une Naturelle dissidente a réussi à s'emparer d'un document très confidentiel ; je ne sais ni pourquoi ni comment on a choisi de classifier de tels vestiges, ni quelles conséquences pourrait entraîner leur divulgation. Cela n'est pas de notre ressort. En revanche nous pourrions être inquiétés par la Gouvernance pour n'avoir pas été capables d'éviter cette effraction, et même d'avoir laissé une dissidente enseigner à l'Institut. Cette déviante politique doit être éliminée discrètement.

-J'ai le contrôle de son implant, suggéra Enaid, je peux facilement libérer les nanoparticules létales qu'il contient !

-Idiot ! Son Health Data est impeccable, santé de fer, aucun déséquilibre hormonal, aucune malformation, pas de problème héréditaire. Tout son bilan est dans les données de l'Intelligence Centrale, nous ne pouvons pas les modifier. Une mort subite entraînerait une enquête avec autopsie et l'on pourrait conclure au crime. Or nos vidéos de surveillance sont aussi mémorisées. Vois-tu le topo ?

-Nous pourrions toujours nous servir de ces vidéos pour justifier légalement l'exécution d'un sujet ennemi, non ?

Areh prit un air condescendant pour expliquer à son subordonné que la justification ne pèserait pas lourd.

-D'abord, elle est connue des sommités de l'archéologie, ces inutiles idolâtres des âges patriarcaux. Ces gens-là auraient de sérieux doutes. Ensuite elle est protégée par un Podestat dont je ne connais pas le nom. Il aurait tôt fait de nous coincer. Des exécuteurs à nos ordres vendraient la mèche à coup sûr.

-J'ai peut-être une idée, risqua Enaid.

-Voilà un phénomène suffisamment rare pour être signalé, persifla Areh. C'est toi qui as le premier eu l'idée de la surveiller, et tu vois le résultat. Enfin... Dis toujours.

-Un accident, par exemple, une mission hors des murs. Elle tombe dans une embuscade de rebelles et adieu.

-Ben voyons ! Tu as une mission à lui confier et des rebelles confédérés sous la main, peut-être ? Hum...

Areh cessa soudain ses sarcasmes et réfléchit. Il recherscha dans l'IC d'éventuelles requêtes d'expertise en matière d'archéologie. Il fit défiler la carte ; les requêtes émanaient toutes de régions plus ou moins contrôlées par le Monde Nouveau séparées par des massifs dont deux, le Massif Central et le Morvan, étaient aux mains de la rébellion. Ah ! Une requête de la bulle de Muret, près de l'ancienne Toulouse !

-J'ai ce qu'il nous faut, Muret réclame une expertise pour un lot de tablettes à clous supposées sumériennes. Nous allons y envoyer cette Ariane.

-Mais, objecta Enaid, il y a une liaison par aérobus chaque semaine ! Les confédérés n'ayant pas de chasseurs connus, elle ne risquera presque rien !

-Elle ne prendra pas l'aérobus, qui est toujours bondé de hauts accrédités. Elle voyagera en voiture électrique par l'ancienne autoroute A20, c'est le trajet le plus court et il passe pile dans la partie occidentale de la zone rebelle. Et, avant que tu ne fasses une objection stupide, je te signale que le Magnétorail ne va que jusqu'à l'ancienne Argenton-Sur-Creuse.

- Mais si elle passe sans embuscade ?

-Une équipe la suivra, dit Areh en prenant un air satanique, pour faire le travail en zone rebelle, si besoin est. Et puisque c'est ton idée, tu dirigeras cette équipe.

Enaid déglutit, il se serait bien passé d'une aventure si risquée, néanmoins il bêla : « Merci de votre confiance ! »

-Il n'y a pas de quoi, et si tu rates ton coup, je libèrerai moi-même les nanoparticules de ton implant. Mais puisque tu es bâti comme un métrosexuel non-genré, je vais t'adjoindre deux aides choisis dans la nouvelle génération de chimères ; ce sont des brutes épaisses qui t'obéiront au doigt et à l'œil. J'ai dit ! Maintenant, travaillons !

Ils élevèrent Ariane au niveau huit d'accréditation à titre provisoire avec effet rétroactif depuis le 5 mai. Cela expliquerait la possession d'une copie du N644 et l'autoriserait en théorie à évaluer des tablettes avant classification. Ensuite, ils la dotèrent d'un véhicule de service, une antique Volta GT surnommée ordinairement «*Greta*» par ses utilisateurs mécontents. L'autonomie de cet engin n'étant que de trois cent cinquante kilomètres, il faudrait recharger les batteries à Argenton-Sur Creuse, puis à nouveau en un lieu nommé Caussade figurant sur l'itinéraire pour la vraisemblance, si par extraordinaire Ariane échappait à une embuscade. Quant au trio, il voyagerait dans une berline à pile H_2/O_2 de mille kilomètres d'autonomie. Distance de filature : cinq kilomètres. Dans ce véhicule, une cantine métallique contenant armes et munitions classiques, un drone électrique de quatre-vingt-dix minutes d'autonomie. Areh y rajouta un boîtier noir qu'il venait de programmer, destiné selon lui à actionner l'implant d'Ariane au cas où ... mais uniquement en territoire rebelle, n'est-ce pas ?

Enaid envoya au bureau d'Ariane un ordre de mission de six mois prorogeable selon les besoins du service, prenant effet le 10 mai de l'an 30 GR (Great

Reset) soit 2052 DP (Date Patriarcale). Une copie fut expédiée à Muret avec ordre de prêter assistance à la missionnaire et de déférer à toute réquisition de sa part.

L'on introduisit enfin les deux chimères afin de programmer leurs implants cérébraux : obéissance absolue au Chef, Enaid, traque systématique et exécution du sujet : Ariane.

Les deux monstres présentaient bien un corps humain, trapu et fort musclé, mais dissimulaient derrière des lunettes noires des yeux de reptiles, pupille verticale étroite et pas de paupière. Pour un peu, Enaid, très mal à l'aise, aurait parié qu'ils avaient des crocs à venin et la langue fourchue.

-Ils possèdent une vision nocturne, précisa Areh, et peuvent régénérer des parties lésées de leur corps, excepté le cerveau.

Puis, s'adressant tour à tour aux deux reptiliens :

-Toi, tu t'appelleras Apophis. Et toi, Salamandre. Rompez !

VI

Ariane fut surprise en recevant un ordre de mission, mais après tout, se dit-elle, c'était dans l'ordre de sa qualification, même si le Monde Nouveau ne vibre pas au rythme des découvertes archéologiques. Même l'accréditation provisoire au niveau huit pouvait s'expliquer. Plus surprenante était la rétroactivité de la mesure à la date du 5 mai, veille de la récupération du N644. Cela l'inquiétait un peu, néanmoins elle signa le document. Il ne lui restait que quelques heures pour se préparer à un voyage en « *Greta* » de presque sept-cents kilomètres avec passage en lisière d'une zone rebelle. Rien d'enthousiasmant, aussi trouva-t-elle un prétexte pour s'entretenir entre deux portes avec Estelle qu'elle supposait appartenir à la dissidence.

-Ne t'inquiète pas, lui dit Estelle, je vais signaler ton passage et personne ne t'ennuiera. Par contre, mes amis veilleront à éliminer tout véhicule t'ayant pris en filature. Emporte ton document avec toi, car il est probable que les Kapos savent quelque chose à son sujet. Quant à moi, je dois m'exfiltrer rapidement. Nous nous reverrons peut-être. Bonne chance !

Elles enlacèrent pouce et index en cadenette de fer, symbole de solidarité entre Dissidents, puis Ariane rentra chez elle préparer ses bagages. Elle glissa la tablette au fond de son sac, cachée sous les vêtements, et ajouta deux treillis adaptés au travail de fouille et une paire de chaussures de randonnée. Elle quitta le bel appartement le cœur serré, n'étant pas sûre d'y revenir, et alla récupérer une « *Greta* » au dépôt du matériel roulant. Elle quitta la Bulle à 13h30, suivie à cinq kilomètres de distance par la berline du sinistre trio.

La vieille autoroute A71 était presque déserte et son état laissait à désirer, néanmoins la « *Greta* » avançait cahin-caha à quatre-vingt-dix kilomètres à l'heure, le GPS annonçant Argenton-Sur-Creuse pour dix-huit heures. En traversant la Beauce, Ariane voyait défiler, monotones, des champs de céréales OGM hérissés d'éoliennes délabrées. Plus loin, en Sologne, la friche semblait installée, mais elle apercevait çà et là des carcasses calcinées de véhicules blindés, des épaves d'aéronefs écrasés, témoins des guerres civiles. Certaines semblaient récentes, la preuve, pensa-t-elle, que les combats sont loin d'être terminés. Ils cachent soigneusement la réalité en nous faisant croire à leur victoire.

À Vierzon, Ariane prit l'ancienne A20 et roula vers Argenton-Sur-Creuse. Il était environ dix-sept heures. Au même moment, à Val-Aux-Blés, Alexis notait une augmentation considérable de l'activité magnétique à la surface du Soleil. À dix-sept heures dix, le photoscripteur cracha : « ALERTE FARADAY ROUGE. ORAGE MAGNÉTIQUE SOLAIRE DÉPASSANT FORCE G5. TRAVERSERA ORBITE TERRESTRE À PARTIR DE 20H45 UTC+2. » Alexis pâlit, le phénomène s'annonçait avec une intensité jamais atteinte depuis l'aube des Hommes. Un rapide calcul lui donna une vitesse de propagation de l'ordre de 12 000 kilomètres par seconde ! Toute région de la planète se trouvant sur la trajectoire du jet de plasma, rayons UV et X, verrait toutes ses installations électriques et électroniques détruites et il y aurait sans doute des millions de victimes dans les villes. Il supposa que l'hémisphère opposé au Soleil subirait beaucoup moins de dégâts.

Alexis avertit Martial de l'alerte, en précisant que l'on n'avait que trois heures pour arrêter les réseaux électriques et les centrales, les appareils électroniques, et enfermer dans des cages de Faraday les engins indispensables à la vie de la Communauté. Martial actionna la sirène d'alarme, deux coups brefs, un long, un bref, indiquant une alerte « FARADAY » immédiate. Les Gardes de la Centurie, les principaux volontaires préposés au matériel, les médecins également, furent sur pied de guerre en vingt minutes.

-Opération Faraday, urgence extrême, nous avons trois heures pour que tout soit enfermé. Exécution ! commanda Martial.

Tous se mirent à l'œuvre selon un plan bien établi ; dans le même mouvement, l'on sortit des lampes et des réchauds à gaz, des lampes à pétrole, tout ce qu'il fallait pour passer une nuit d'alerte. Les deux médecins et les infirmières de la Communauté prirent des dispositions pour intervenir rapidement.

Ariane arriva au point de recharge des batteries d'Argenton-Sur-Creuse à dix-huit heures. L'opération allait durer deux heures, et Ariane se demandait pourquoi les Kapos ne lui avaient pas affecté une berline à piles à hydrogène, qui aurait permis de gagner Muret sans escale. Elle soupçonna alors que ses parents avaient disparu au cours d'une expédition semblable, et voilà qu'elle-même allait frôler une zone réputée « hostile », mais elle se rappela ce que lui avait dit Estelle, ce qui la rassura quelque peu.

L'écran de la station électrique indiquait qu'à la suite de la destruction du pont sur la Creuse la rivière serait franchissable au radier des Chambons. Repartie à 20 heures, Ariane passa la Creuse à gué, remonta un peu au nord pour retrouver une A20 passablement défoncée, puis repartit vers le sud en ne dépassant guère plus de soixante-dix kilomètres-heure car il fallait zigzaguer entre les nids de poule et les cratères d'obus.

Cependant, à Val-Aux-Blés, gardes et volontaires rendaient compte de la bonne exécution du plan d'urgence. Tout était prêt, des années d'entraînement et de discipline portaient leurs fruits. Alexis, se souvenant du message qu'avait envoyé Estelle par voie secrète, prit quatre gardes armés de sa décurie pour aller se poster sur l'A20 à hauteur de la Bussière. Deux véhicules attendus, on laissait passer le premier, une voiturette Volta GT, et on détruirait le second. À 20h30, ils étaient en position.

Ariane peinait à conduire, s'efforçant de rester le plus possible sur des pans de goudron. Je consomme plus d'électricité que prévu, se disait-elle, il sera difficile de tenir jusqu'à Caussade. Une panne en rase campagne n'était pas impossible. Le Soleil baissait sur l'horizon, il ne restait guère plus d'une heure de jour, cependant Ariane nota une étrange lueur vers l'ouest, une clarté inhabituelle comme provenant des confins de l'univers, allant crescendo. L'horloge de bord indiquait 20h40. Soudain l'affichage tête-haute se mit curieusement à scintiller. Pensant à une panne du projecteur, Ariane baissa les yeux sur les écrans du tableau de bord ; le même phénomène s'y produisait. Les coordonnées GPS varièrent follement, puis disparurent en même temps que l'indicateur de vitesse. Des gerbes d'étincelles commencèrent à crépiter.

À Val-Aux-Blés, les volontaires et les gardes observèrent des aigrettes lumineuses se former à la pointe des paratonnerres et le long des lignes électriques aériennes, heureusement déconnectées. Une forte odeur d'ozone se répandit soudain. La lueur venue de l'ouest s'étendait, passant du rose au violacé, tandis que des spectateurs demeurés dehors se sentaient parcourus par un flux inconnu. Au point d'embuscade, Alexis avait fait enfermer les émetteurs-récepteurs à courte portée dans des boîtes métalliques. Sachant de quoi il s'agissait, il avait emporté un électroscope à feuilles d'or ; il ne fut pas étonné de constater que les lamelles étaient tellement écartées qu'elles formaient une bande horizontale.

-Un sacré courant de particules, dit-il à ses hommes, nous sommes en plein dedans !

À cet instant même, la « *Greta* » passait devant eux, suivant la pente dans un élan chaotique.

-Voilà la première ! Préparez-vous à faire feu sur la prochaine !

Ariane luttait pour essayer de maintenir la voiturette sur une trajectoire à-peu-près droite. L'habitacle était maintenant envahi d'une puanteur d'isolant brûlé, de la fumée sortait du compartiment moteur. Effrayée, elle comprit qu'il fallait s'arrêter d'urgence et sortir de ce piège. Mais les freins ne répondaient pas, plus rien ne fonctionnait et la « *Greta* » dévalait la pente. Ariane sentit soudain une brûlure en haut de son bras gauche, et les muscles se contracter à ce point chaud. Des larmes de douleur brouillèrent sa vue. Heureusement, l'autoroute grimpait maintenant sur un repli de terrain. Le moteur cala, la voiture courut un instant sur son erre, s'arrêta, fit mine de repartir en arrière, mais finalement s'immobilisa contre un plot en ciment.

Ariane ouvrit la porte d'un violent coup de pied, s'empara de son sac et sortit, tellement secouée qu'elle dut s'asseoir quelques mètres plus loin. Il était 20h46, ce 10 mai 2052, an trente du Grand Reset.

VII

Alexis et ses hommes avaient nettement perçu une odeur d'isolant brûlé au passage de la voiturette.

-Elle n'ira pas bien loin, dit un des gardes, son moteur va flamber sous peu.

-En effet, répondit Alexis, nous allons devoir la retrouver ; nous sommes à trois kilomètres de la montée de la Coullerouze, il y a des chances qu'elle soit par là. Mais je suis pratiquement sûr que l'autre bagnole est aussi HS, qu'elle soit électrique ou thermique, parce que l'électronique de bord a dû griller.

-L'ennui, fit remarquer un autre, est que nous ne pouvons pas prévenir le village pour appeler des renforts. Je suppose qu'ils ont bien assez à faire.

-Exact, fit Alexis, pas question, de toute façon, de déballer les talkies, l'électroscope ne débande pas, nous sommes toujours dans le nuage de particules.

Il regarda sa montre à mouvement mécanique :

- Il est presque neuf heures, cela nous laisse une demi-heure de jour, après ça, pas possible d'utiliser les lunettes de vision nocturne tant que l'orage n'est pas calmé. Jacques et René, filez vers La Croisière pour repérer l'objectif. Prudence ! Il pourrait y avoir des saloperies de chimères. En tous cas, tirez sans sommation, dans le groin de préférence. Lucien et Jean-Pierre, direction La Coullerouze, tâchez de retrouver la chariote et son occupant. Pour tous : retour ici quand vous ne distinguerez plus un chien d'un loup, dans une heure, je pense.

Les deux patrouilles se mirent en route tandis qu'Alexis scrutait l'autoroute avec des jumelles.

Le flux solaire avait frappé la berline un peu au sud de La Croisière. Les effets sur ce véhicule équipé d'une pile à hydrogène-oxygène furent encore plus dévastateurs que ceux subis par la « *Greta* », la détérioration de la membrane en polysulfone ayant mis les deux gaz en contact direct. Le mélange détonnant explosa, pulvérisant tout l'arrière de la voiture tandis que le moteur brûlait. La berline s'arrêta dans un fracas de fin du monde et ses trois occupants furent éjectés.

Apophis recouvra le premier l'usage de ses sens et courut récupérer la cantine avant que les flammes ne fassent exploser les munitions qu'elle contenait. Salamandre vint à son aide. Enaid pleurnichait, tremblant comme une feuille, l'air égaré.

-Mais qu'est-ce qui s'est passé ? gémit-il, nous avons été attaqués ?

-Pas du tout, répondit Apophis, je suppose que nous avons été percutés par une boule de feu. Ou quelque chose comme ça. En attendant, nous avons perdu la fille !

-La mission avant tout, nous allons la retrouver ! dit Salamandre.

-Avec quoi ? Nous sommes à pied, il faudra voler un véhicule aux rebelles, nous sommes sur leur territoire. Ce n'est pas gagné ! ronchonna Apophis.

Enaid sortit de sa poche une télécommande, espérant activer l'implant d'Ariane, mais il constata que l'objet était hors d'usage. Il tenta de contacter Areh par téléphone satellitaire, mais l'engin ne fonctionnait pas. Il avait vu récemment, se souvint-il, un bulletin d'alerte solaire ; tout ce gâchis devait résulter d'un orage magnétique. Apophis se figea soudain, scrutant le paysage au sud et prêtant l'oreille.

-Une patrouille ! Deux types armés qui rappliquent. On dégage.

Ils prirent la malle métallique et s'enfoncèrent dans les fourrés. La nuit tombait.

Les astrophysiciens du Monde Nouveau avaient, de leur côté, nettement sous-estimé l'intensité de la tempête solaire et tablé sur une vitesse de propagation d'environ trois-mille kilomètres par seconde, temps calculé par l'Intelligence Centrale en fonction des données de 2012 DP. Cela, pensaient-ils aurait laissé plus de quatorze heures pour sécuriser les installations sensibles. Le Représentant Areh avait donc reçu un avis d'alerte GAUSS d'ordre 3 et donné des ordres en conséquence, pensant que les dégâts seraient minimes, au pire une ou deux régions privées d'électricité.

Terrifié, il constata que tous les signaux des satellites étaient perturbés au bout de trois heures quarante minutes, puisqu'ils disparurent complètement tandis que les dispositifs électroniques se mirent à grésiller, fumer, s'éteindre en même temps que l'éclairage, la ventilation, les systèmes d'ascenseurs. Comme des millions d'administrés sous sa botte, il était prisonnier dans une tour, sans moyens de surveillance et de transmission. Il estima qu'il devait être quelque chose comme dix heures quarante ou midi à Los Angeles ; la totalité de l'hémisphère occidental devait être touchée. Impossible de communiquer avec les Podestats qui, par ailleurs, devaient être isolés tout comme lui.

Areh prit conscience de l'ampleur de la catastrophe. Les réseaux de fermes de données exploités par l'Intelligence Centrale étaient probablement endommagés gravement, peut-être l'IC elle-même avait-elle cessé de fonctionner. Dans le jour tombant, il vit par le vitrage les fermes hydroponiques, l'IRT et des centaines d'établissements hors d'usage. Il fallait s'attendre à des milliers de morts, à des émeutes, à des pillages... Areh était effondré, ne sachant que faire. Les sociétés transhumaines pilotées par des machines numériques à Q-bits venaient de se révéler extrêmement fragiles face au déchaînement du Cosmos. Nous venons de perdre notre supériorité technologique en quelques minutes, se dit-il, désormais plus rien ne nous protègera des rebelles ! La nuit jurassique tombait sur la Bulle.

Ariane s'était très vite reprise, son caractère bien trempé lui commandant de réfléchir et d'agir. Primo : s'éloigner de l'autoroute de bonnes centaines de mètres. Secundo : s'équiper d'un treillis et chausser ses souliers de randonnée. Tertio, il fallait penser à se rapprocher d'un lieu habité et prendre contact avec les gens du cru. Il était fort probable que ce fussent des rebelles, pensait-elle ; la rencontre pourrait être délicate. Bon : à la grâce de Dieu, conclut-elle.

La nuit était tombée, et tout en cheminant vers les Hommes, Ariane était presque enchantée par la moire d'immenses aurores boréales illuminant le ciel, éclipsant au nord l'éclat des étoiles, encore perceptibles au sud. Elle trébucha sur un caillou et se rendit compte qu'il serait difficile de marcher de nuit sans torche électrique sur un terrain plein d'embûches. Mieux valait dormir en attendant le jour. Elle rechercha un endroit pas trop inconfortable, se glissa dans son sac de couchage, et regarda le ciel. Et elle comprit : c'était un orage magnétique. « Finie, la Bulle ! », dit-elle en s'endormant.

Au même instant les deux patrouilles revenaient vers leur décurion.

-Épave de la voiturette localisée et identifiée, rapporta Jean-Pierre. Pas de trace de l'occupant qui s'est probablement carapaté dans les sous-bois avec armes et bagages. Il faisait trop sombre pour poursuivre.

- Bon, fit Alexis, et de votre côté, René ?

-Idem, chef, une berline explosée, 1Km au sud de la Croisière. Équipage éjecté, il y a des traces, mais a joué la fille de l'air avec de l'équipement. Pas possible de pister dans le noir. Nous devrions bivouaquer ici, chef !

VIII

Un soleil glorieux dispersait les ténèbres. Un rayon s'infiltra dans la ramure et tomba juste sur le visage d'Ariane. Celle-ci ouvrit un œil et sentit contre son flanc une petite boule de poils ronronnant. Un chat ! Elle n'en avait plus vu depuis l'interdiction de la possession d'animaux de compagnie, édictée à la Bulle sous de fallacieux prétextes sanitaires. Elle réalisa qu'elle était perdue en pleine campagne, de l'autre côté de l'autoroute.

La petite chatte tigrée portait un collier et, pas farouche, elle laissa l'étrangère la prendre dans ses bras. Surprise ! Ariane lut le nom de l'animal : *Bastet*. Curieusement, ce nom était écrit en hiéroglyphes. Au moins, se dit-elle, il existe des gens instruits dans ces parages. La chatte ne devait pas être loin de chez elle.

-Veux-tu bien me conduire à ta maison, petite minette ?

Ayant levé son campement de fortune, Ariane mit sac au dos et s'engagea sur le chemin pierreux, précédée de Bastet.

Les cinq gardes, après avoir avalé du café pris dans une bouteille thermos, devaient reprendre leurs recherches. Alexis déchargea l'électroscope et constata que celui-ci demeurait neutre.

-On dirait bien que le cirque est terminé, dit-il à ses hommes, nous pouvons déballer les radios.

À peine libérés des boîtes métalliques, les émetteurs-récepteurs furent allumés. Canal numéro cinq. Un bruit de fond, puis une voix :

-Épervier, Épervier, de Léo45, me recevez-vous ?

-Ici Épervier, Léo45, reçois cinq sur cinq.

Alexis fit le compte-rendu des opérations de la veille, puis demanda des renforts.

-Léo45, d'Épervier, envoyez cinq gardes à hauteur de l'épave numéro deux, 1Km sud de La Croisière. Recherche de traces des hostiles et interception. En principe trois rombiers dont probablement deux chimères. Leur objectif probable : l'épave numéro un et son occupant.

-Épervier de Léo45, bien reçu. Équipe sur place dans trente minutes. Terminé.

Alexis vérifia la sécurité de son arme et mit sac au dos.

-Allons-y, direction la « *Greta* », nous allons essayer de trouver son cocher.

Les trois pieds-nickelés étaient eux aussi sur pied de guerre. Enaid avait retiré de la cantine un transceiver satellitaire ; il entendait un bruit de fond, mais personne ne répondait, sur aucun canal. Le réseau de satellites a dû griller, pensa-t-il, nous voilà frais, en plein territoire ennemi avec les rebelles aux trousses !

-Pas de liaison, dit-il à ses sbires, nous ferions mieux de nous replier vers le nord.

-La mission d'abord ! l'avertit Salamandre.

Enaid ne se sentait pas en mesure de faire changer d'avis les deux chimères.

-Soit ! La mission d'abord. Mais traversons l'autoroute, car de ce côté la patrouille d'hier soir pourrait bien nous avoir repérés.

-Pas question, l'interrompit Apophis, l'ennemi venait précisément de ce côté-là. J'envoie le drone au sud, peut-être que la voiturette a stoppé, elle aussi.

La patrouille d'Alexis était maintenant sur son objectif, chaque garde sur le qui-vive.

-Épervier, ici Crécerelle. Sommes face à l'épave 2.

-Crécerelle, d'Épervier, cherchez des traces.

-Épervier, nous voyons un mini-drone à huit cents mètres direction épave 1.

-Bien reçu, Crécerelle, continuez et rendez compte.

Alexis fit embusquer ses hommes à quelques mètres de la « *Greta* » et fit signe à René d'armer son calibre 12. Dans la chambre, un projectile anti-drone. Bientôt, un bourdonnement annonça l'engin qui s'immobilisa au-dessus de l'épave. Stationnaire ! C'est du gâteau, jubila René en ajustant. Une seconde plus tard, l'engin était volatilisé.

Enaid ne voyait plus rien sur son écran. L'écho d'une détonation parvint au trio.

-Ils sont déjà sur place, conclut Apophis, environ dix-huit cents mètres. On rattrape et on les suit.

Enaid acquiesça pour la forme, il avait perdu la direction de la mission.

Ayant battu les fourrés, les hommes d'Alexis n'avaient pas trouvé de traces ; le fugitif avait donc traversé l'autoroute en direction de Val-Aux-Blés. Les traces d'Ariane étaient effectivement de l'autre côté de la voie. Jean-Pierre, en bon pisteur, nota le bivouac.

-Je peux vous dire que nous cherchons une femme, portant des chaussures de randonnée, du $38^{1/2}$...

-Quoi d'autre, Sherlock ?

- D'après sa foulée, elle fait entre 1m65 et 1m70 ; les empreintes appuyées indiquent qu'elle porte un sac assez lourd.

-T'as pas la couleur de ses cheveux, des fois ?

Alexis faisait confiance à Jean-Pierre. Il transmit l'information à Léo45. L'autre équipe appela.

-Épervier, de Crécerelle. Traces trouvées côté voie nord-sud. Trois hostiles dont deux balèzes chaussés 46, portant à deux un objet lourd, probablement une cantine. Troisième énergumène chaussé comme une tarlope, maxi du 39.

-Reçu, Crécerelle, suivez les traces.

Deux chimères et un Kapo, conclut Alexis à l'intention de ses hommes.

Ariane progressait assez rapidement. Curieusement, lorsqu'elle-même hésitait à un embranchement, Bastet semblait suivre une direction bien définie. Elle choisit de lui faire confiance. Elles cheminaient de bosquet en bosquet, puis dans un bocage où des parcelles de terre cultivée étaient séparées par des haies vives. Ariane examinait les cultures, principalement des céréales encore en herbe, des plantes vivrières, parfois de petits vergers. Elles arrivèrent enfin le long d'un ruisseau relativement large. Courant sur la rive opposée, une route en bon état. Ariane traversa à gué et toujours accompagnée de la petite chatte, s'engagea sur la chaussée.

-Bonjour, m'dame ! Alors, Bastet vous a adoptée ?

Ariane sursauta ; elle n'avait pas vu venir un petit garçon en pantalon long, revêtu d'une blouse grise et portant un sac à dos d'écolier, en cuir.

-Bonjour ! Oui, tu vois, elle m'a montré le chemin jusqu'ici. Comment t'appelles-tu ?

-Auguste. Mais les copains m'appellent *Gustou*.

-Je suis contente de faire ta connaissance, Auguste. Dis-moi, le village est-il loin ?

-Eh ! Nous y sommes, regardez !

En haut d'une éminence, elle aperçut la toiture d'un château et le clocher d'une église.

-Venez avec moi, reprit Gustou, je vais à l'école. Vous n'êtes pas d'ici, faudra aller à la mairie voir m'sieur Martial.

-Eh bien ! Marchons ! décida Ariane.

C'est ainsi qu'Ariane, accompagnée de Bastet et de Gustou, arriva à Val-Aux-Blés.

-Crécerelle à Épervier. Hostiles ont franchi l'autoroute au niveau de l'épave 1. Nous les filons à 300 mètres.

-Bien reçu, Crécerelle. Nous suivons la fugitive. Terminé.

-Épervier de Léo45. Rescapée épave 1 en sécurité à la mairie. Continuez la traque des hostiles. Terminé.

N'ayant plus à se préoccuper du sort immédiat de l'inconnue, la décurie avait encore pour tâche d'éliminer le trio. Deux chimères constituaient une menace potentielle, et le Kapo pouvait être dangereux même si, selon toute vraisemblance, le Monde Nouveau était carbonisé. La prudence conseillait de mettre ce vilain monde hors d'état de nuire : un bon « progressiste » est un progressiste *de cujus*, pensait Alexis.

-Les rombiers vont suivre nos traces et ils ont le groupe Crécerelle aux fesses. Nous allons les coxer dans une embuscade. Ces rochers feront l'affaire. Trépignez sur cent mètres puis revenez prendre position. Jacques, tu seras au FM.

IX

-Épervier à Crécerelle. Nous prenons position dans les rochers, cote 352. Élimination des hostiles. Prenez dispositions pour couper une retraite éventuelle. Terminé.

-Crécerelle à Épervier. Compris. Terminé.

Pendant ce temps, Ariane s'entretenait avec Martial, le maire de Val-Aux-Blés.

-Vous êtes bienvenue chez les Rebelles, vous vous doutez bien que la vie chez nous n'a rien à voir avec celle du Monde Nouveau, lequel doit être en piteux état aujourd'hui, d'ailleurs.

-J'en suis heureuse, répondit Ariane, nous ne faisions que végéter sous la surveillance constante de l'Intelligence Centrale et menacés par des Kapos.

-Mais ne croyez pas que vous êtes arrivée en Arcadie ! La vie est souvent dure, ici, il faut composer avec la Nature. Nous nous en tirons avec la solidarité et l'entre-aide communautaires. Vous verrez. Dans un premier temps, nous allons vérifier votre provenance, vos allégeances, évaluer votre fiabilité, en somme votre capacité à vous assimiler et à participer au bien commun.

-Il n'y a rien de plus normal, répondit Ariane en souriant. J'ai vécu à la dure lors de quelques expéditions archéologiques dans le Croissant Fertile, au milieu de tribus en guerre.

-Bien, nous reparlerons de tout cela. Je vais demander à Isabelle, l'une de nos veuves de guerre, de vous héberger. Elle vous servira de mentor, c'est une personne avisée. Mais tout de suite, je vous conduis chez le docteur François pour une visite de routine.

La petite clinique du docteur François, à quelques pas de la mairie, occupait un bâtiment en pierre à deux étages. Prévenu par une secrétaire, le médecin parut quelques minutes plus tard. Pour Ariane, habituée aux « consultations » données par des machines, l'homme souriant en blouse blanche parut extraordinairement humain. Martial expliqua la situation de la nouvelle venue.

-Je vois. Vous n'avez rien avalé depuis vingt-quatre heures, et pourtant vous paraissez en forme, dit François, je vais vous commander un déjeuner adéquat pour vous sustenter après l'examen

Le médecin expliqua à Ariane que les communautés étaient bien loin de fonctionner sur le modèle de l'obsession sanitaire tyrannique, mais compte tenu de sa provenance et du brusque changement d'écosystème, souligna-t-il en riant, il fallait prendre des précautions, notamment en raison des implants imposés par les Knock du Monde Nouveau.

Un examen de l'épaule gauche, là où elle avait ressenti une vive brûlure la veille, révéla la présence de l'implant.

-En principe, cette cochonnerie a dû griller hier soir, mais l'on n'est jamais sûr que cela ne cache pas quelque fourberie. Désolé, jeune fille, je vais devoir l'extraire. Bao-Daï !

Un médecin asiatique entra dans le cabinet, porteur de matériel d'acupuncture.

-C'est le docteur Yeng, alias Bao-Daï, un véritable artiste. Comme il serait hasardeux d'employer des anesthésiques, il va vous insensibiliser avec ses petites aiguilles. Moi, je vais sonder le muscle, pas très profond, car l'emploi des rayons X ou de l'échographie pourrait réveiller le machin, même s'il devrait normalement être hors d'usage.

Ariane eut spontanément confiance et se détendit grâce aux soins de l'acupuncteur. Un moment après, le docteur François exhiba un minuscule parallépipède tenu par une pince.

-Je le tiens ! Vous êtes hors de danger. Un cicatrisant à base de consoude va réparer le muscle et la peau, vous n'aurez en souvenir qu'une sorte de petit nævus.

Le médecin plaça l'objet sur le plateau d'un microscope à balayage électronique. « Venez-voir », dit-il. Sur un écran apparut au bas de l'implant un minuscule saccule de quelques microns.

-L'électronique est grillée, commenta François, mais cette saleté-là, dit-il en désignant le saccule, est constitué d'une membrane peut-être dégradable contenant des nanoparticules. Voyons...

Il préleva le contenu de l'utricule et l'injecta à une souris. L'animal fut pris de convulsions et mourut.

-Nanoparticules létales ! Probablement une neurotoxine. Dans le Monde Nouveau, nul n'est à l'abri d'un crime d'État !

Ariane n'en fut guère surprise et, rassurée, elle remercia le médecin de lui avoir sauvé la vie. Le docteur François termina son examen.

-Vraiment, tout va bien ; vous avez un cœur de jeune fille ! Bon, maintenant, passez à table !

L'on installa Ariane dans un petit réfectoire. Le fumet des mets que l'on préparait en cuisine suscita un réflexe de salivation auquel elle n'était plus habituée et elle s'aperçut qu'elle éprouvait de l'appétit. Un serveur lui apporta un morceau de bavette grillé, garni d'oignons frits. Cet homme fut surpris de voir des larmes couler sur les joues de la jeune femme.

-Vous n'êtes pas habituée à notre cuisine, je suppose ?

-Oh ! Si ! Mon père préparait ce plat à la maison avant les criminelles lois véganes. Depuis, nous ne mangions plus, nous étions nourris d'abominations synthétiques et végétales.

Lentement, en savourant chaque bouchée, Ariane consomma un vrai repas.

Embusqués dans les rochers, les « Épervier » attendaient que le trio débouche à bonne portée de tir, mais les sbires progressaient lentement, examinant soigneusement les traces et guettant le moindre bruit.

-Je crois que nous sommes suivis, avertit Apophis.

Ils voyaient les rochers où se cachaient Alexis et ses hommes ; la piste semblait aller au-delà, leur suggérait l'acuité visuelle reptilienne.

-Nous pouvons nous planquer derrière ces rochers et laisser passer nos poursuivants ; après nous leur filerons le train.

Enaid ne pouvait qu'accepter ; malgré la puissance des deux chimères, le Kapo n'en menait pas large.

Alexis vit débouler les énergumènes. Il fit signe à ses hommes de ne pas tirer tout de suite. Lorsque les hostiles furent à vingt mètres, le décurion abaissa son bras. Le FM arrosa en balayant, tandis que les fantassins recherchaient à atteindre la tête. Le crâne de Salamandre éclata. Enaid, touché à l'épaule, s'effondra en couinant comme un lapin. Lucien percuta une grenade qu'il lança en direction d'Apophis. Celui-ci eut le bras gauche coupé net par les éclats.

-Maintenez le feu, commanda Alexis, une chimère seulement blessée.

Apophis se rapprochait d'Enaid en se tortillant lorsque le groupe « Crécerelle » déboucha à son tour. Il empoigna Enaid par le veston et le traîna en fuyant à toute allure dans les fourrés.

-Crécerelle ! Déployez-vous à gauche ! Épervier, avec moi ! Pas de quartier !

Ils battirent longtemps les fourrés, mais en vain. L'endurance et la vitesse d'Apophis lui avaient permis de s'échapper, entraînant Enaid.

Dépité, Alexis prévint Léo45. La seconde décurie, « Milan », allait prendre la relève. Les fuyards, pensait-on, n'avaient que très peu de chances de s'en sortir. Bilan : un hostile tué, deux autres blessés, en fuite. Une cantine métallique récupérée, contenant des armes anciennes et modernes ainsi que du matériel à analyser.

Le docteur François examina le bras coupé d'Apophis, observant longuement la coupure à l'aide d'une binoculaire, puis en préleva une coupe fine qu'il mit en culture. Quelques heures plus tard, il fit son rapport.

-Ce sont bien des modèles récents de chimères. Les fragments cultivés ont commencé à produire des cellules-souches en moins de deux heures. Elles peuvent reconstituer les tissus sur lesquels elles se développent.

-Donc ce salopard va se réparer tout seul ?

-J'en ai bien peur ! Il suffit qu'il trouve de la nourriture. La petite demoiselle n'est pas encore tirée d'affaire.

-L'autre est un Kapo, probablement transhumain, précisa Alexis. Il n'en réchappera que si la chimère s'en occupe. Nous retrouverons ces deux zèbres !

X

Apophis avait traîné Enaid dans un éboulis, peut-être un très ancien talus de moraine glaciaire. L'instinct reptilien de la chimère lui avait fait trouver une sorte d'abri formé par des blocs diaclasés de granit auxquels on accédait par une anfractuosité cachée sous un enchevêtrement de ronce et de lierre. Apophis jugea que c'était l'endroit adéquat pour se régénérer et soigner son chef blessé. Enaid ayant perdu connaissance, le sbire en profita pour sonder sa blessure et extraire l'ogive à l'aide d'un couteau. Il immobilisa l'épaule avec des attelles liées par des lambeaux de la chemise du patient.

Lorsque le Kapo revint à lui, il laissa monter une plainte vite étouffée par la large poigne d'Apophis.

-Silence ! chuchota la chimère, ils nous cherchent. Je pense que nous sommes bien planqués, ils ne nous trouveront pas. Il faudra un peu de temps pour récupérer, plusieurs semaines.

-Nous ferions mieux de nous rendre ! glapit Enaid.

-Pas question ! Ils nous tueraient ! Et la mission d'abord !

-Mais nous n'avons pas d'armes ! Et il faudra se nourrir !

-Vous avez le boîtier à implant qui fonctionne, il suffira d'être à portée de la fille pour l'actionner. Et pour la nourriture et l'eau, je m'en occuperai.

-Salamandre ?

-Tué.

À la mairie, Ariane avait entendu le rapport du docteur François. Sans doute, se dit-elle, je devrais être prudente, mais j'ai confiance en la Garde. Ce décurion, Alexis, m'a l'air d'un homme compétent. La conversation roulait à présent sur les chimères.

-Ce sont des créatures transgéniques voulues par une loi dite « de bioéthique », ni bio ni éthique, votée en 2021 par une chambre d'enregistrement à la solde du président voyou de l'époque. Les psychopathes de la génétique ont fabriqué des monstres pour servir les desseins des néo-mondialistes.

Martial s'interrompit, consultant l'horloge. -Venez, Ariane, je vais vous présenter à Isabelle.

Ils contournèrent un pâté de maisons, prirent une rue à gauche et s'arrêtèrent devant une maison à un étage. Isabelle les attendait. Elle paraissait la cinquantaine, assez trapue, corps robuste, cheveux gris coupés court.

-Alors, Martial, tu m'amènes une pensionnaire ?

-Oui, oui ! À initier à nos mœurs de ploucs naturels, répondit le maire en riant. Il faudra aussi lui trouver de quoi s'occuper utilement.

-Bonjour, madame Isabelle, fit un peu gauchement Ariane, je m'appelle Ariane.

-Moi, c'est Isabelle. Pas de « madame » entre nous. Viens, petite, je vais te montrer ton nouveau domaine. Martial, une petite goutte, pour fêter ça ?

-Ce serait avec plaisir, Isabelle, mis tu sais bien, avec le tintouin d'hier soir, je ne peux pas rester les deux pieds dans le même sabot.

Le maire parti, Isabelle fit faire le tour du propriétaire à sa pensionnaire. Ariane allait vivre dans un corps de bâtiment refait à neuf, en arrière de la maison. Elle y disposerait de toutes les commodités y compris d'une cuisine. Mais, dit Isabelle, ce sera plus simple de partager ma table. Pose ton sac et viens avec moi.

Elle conduisit Ariane à un potager bien tenu, juste à l'angle de la rue, près d'une fontaine, et expliqua que les communautés tendaient autant que possible à l'autosuffisance. Par conséquent, chaque famille ou presque cultivait son propre jardin.

-Sais-tu faire un peu de jardinage ?

-J'aidais mes parents, nous avions un minuscule carré d'herbes aromatiques et quelques légumes, mais trois fois rien. En ville…

-Eh oui, là-bas ça ne devait pas être bien vu. Bon, tu apprendras vite, tu n'as pas l'air manchotte !

Revenues dans la maison, elles bavardèrent un moment ; Ariane parla de ses parents, de leur disparition mystérieuse, de sa vie à la Bulle. Tout en racontant, elle fixait la photo d'un militaire qui devait avoir la quarantaine.

-Il s'appelait Eugène, dit Isabelle, c'était mon mari. La guerre me l'a pris il y a dix ans, quand les mondialistes ont essayé d'envahir nos provinces. Nous n'avions pas encore beaucoup de soldats, alors on a appelé les réservistes. À quarante-deux ans, Eugène aurait pu rester dans la Territoriale, mais il tenait à se battre. Pour nous tous...

Sa voix s'étrangla, et Ariane, dans un élan filial, lui entoura les épaules. Elle découvrait à la fois l'esprit de sacrifice pour sa terre, pour les siens, et la solidité des liens familiaux au-delà du temps. Ces liens, Ariane elle-même les éprouvait encore envers ses parents disparus. Elle comprenait. Quant au sacrifice, se disait-elle, il est bien étranger au monde que je viens de quitter !

-Notre fils n'avait que quinze ans et notre fille douze seulement, reprit Isabelle. Heureusement, nos communautés prennent soin des familles éprouvées par la guerre. Michel est aujourd'hui ingénieur, pour notre compte, en Russie, et Hélène enseigne au lycée de l'arrondissement. Tu vois, quant à moi je ne suis pas mal lotie.

-Ils ont bien réussi, apprécia Ariane.

-Oui, nous avons un très bon service d'instruction publique. Et toi, quel est ton métier ?

-Oh ! Je ne suis pas très utile, je suis archéologue et professeur d'archéologie moyen-orientale.

-Tout métier, chez nous, a son importance et son utilité. Figure-toi qu'il y a cinq ou six ans, deux archéologues, un homme et une femme, ils étaient mariés, sont venus par ici dans des conditions aussi abracadabrantes que celles de ton arrivée.

Ariane pensa aussitôt à ses parents, mais non ! Ce ne pouvait être eux, ils ont été portés disparus lors d'une mission bien loin de là !

-Maintenant que j'y pense, reprit Isabelle, je trouve que la dame te ressemblait un peu, grande, mince, l'air décidé...

-Sais-tu ce qu'ils sont devenus ?

-Moi, non. Mais Martial, peut-être. Seulement, si c'est un secret, il ne te dira rien. Bien... Si nous dînions ?

Après le souper, Ariane se sentait un peu fatiguée. -Tu m'étonnes, dit Isabelle en riant, il faudrait des allumettes pour te faire garder les yeux ouverts. Allez, va dormir, bonne nuit !

En allant se coucher, Ariane entendit un grattement accompagné d'un petit miaulement. Elle laissa entrer Bastet qui, après quelques manifestations d'amitié, s'empara d'autorité d'un des oreillers. Ariane était contente : en une seule journée, elle avait rencontré plus de monde qu'en un mois à la Bulle et pour la première fois depuis des années elle avait passé une soirée à bavarder avec une personne amicale, elle qui chaque soir ne trouvait que la solitude.

Alexis, lui, n'avait pas sommeil, la disparition des deux vauriens l'intriguait et l'inquiétait. Il devait le lendemain donner un cours de mathématiques au collège, le matin, et aux classes préparatoires du lycée, l'après-midi. Sauf ennuis, pas d'activités militaires, mais pas non plus d'observation du Soleil. Il résolut de monter dans le clocher pour remettre les appareils en route.

La cage de Faraday avait bien tout protégé. Le gros ordinateur se mit à ronronner et des monceaux d'informations s'affichèrent, parmi lesquelles certaines arrivaient via le réseau satellitaire russe « *Zenia* ». Donc ces satellites avaient résisté au cataclysme : peut-être les « pétales » en treillis dont il avait conseillé de les équiper les avaient-ils protégés ? Il essaya ensuite de capter des émissions en provenance des satellites du Monde Nouveau, mais il n'obtint rien que le bruit de fond du cosmos. « H.S. », conclut-il avec satisfaction. Privé de transmissions, l'ennemi ne serait plus une grosse menace.

Le photoscripteur, lui aussi, crachait ses messages ; certains mentionnaient çà et là des incidents techniques dus à la tempête solaire dans les Provinces, mais la majorité faisaient état de cités bloquées dans le Monde Nouveau, d'émeutes, de violences, de pillages, d'incendies.

-Ben mon vieux ! conclut-il, le Monde Nouveau est dans les choux !

XI

Quelques jours après, Alexis invita Ariane au stand de tir. Le danger représenté par les deux hostiles fugitifs justifiait qu'elle possédât une arme et fût entraînée au tir. C'est ainsi que la jeune femme se retrouva équipée d'un vieux Shield M2.0 avec plusieurs chargeurs de 9mm Luger. L'arme, en excellent état, lui parut d'emblée lourde, mais après quelques tirs elle devint familière. Ariane apprit à la démonter, nettoyer, remonter, sous la conduite d'Alexis.

-Tu viendras au stand au moins une fois par semaine, l'entraînement est important. Ensuite, je te montrerai comment te déplacer en attaque et comment toucher des cibles mobiles.

-C'est presque une formation de soldat, observa Ariane.

-Pas tout à fait, mais beaucoup de femmes apprennent à se servir d'une arme ; trente années de guerre, ça trempe le caractère d'un peuple, et souvent des femmes se sont battues comme des hommes.

Ils retournaient vers le village, lorsqu'un bruit prolongé leur parvint de l'est. Alexis expliqua que c'était un train. « Un train ? Comme avant le Magnétorail ? » demanda Ariane. Alexis répondit que le Magnétorail n'était jamais arrivé par ici. Les communautés avaient refait les voies, les viaducs, des mécaniciens avaient récupéré des locomotives et des wagons dans les dépôts, et tout retapé. Il y avait une gare à Val-Aux-Blés.

En fait, précisa Alexis, dès le début de la Rébellion, il avait fallu s'approprier les moyens techniques nécessaires à la vie des communautés : production d'électricité, transports, transmissions, arsenaux, ateliers artisanaux. L'on avait fait appel à tous les savoir-faire et au système D. Cela excita la curiosité d'Ariane qui, dès lors, ne cessa de poser des questions.

Tout en cheminant, Alexis remarqua qu'Ariane portait en bandoulière un petit sac de toile contenant un objet rectangulaire.

-Tu promènes un livre ?

-Non, c'est une tablette… enfin, un moulage, répondit-elle en déballant la tablette composite couverte de caractères cunéiformes. J'ai fabriqué un document qui en contient un autre, pour tromper les Kapos. Un examen peu attentif ne voit qu'une méthode d'approximation de la racine de deux, mais je soupçonne que le document caché dedans transcrit une sorte de trigonométrie.

-Une trigonométrie ? De quelle époque, demanda le mathématicien intéressé.

-De l'époque babylonienne, mais je n'en connais pas la datation ; ma mère le connaissait et travaillait avec mon père à le déchiffrer. En tous cas, c'est bien antérieur aux travaux d'Hipparque, qui a utilisé le système sexagésimal des Babyloniens pour diviser la circonférence. Je pense que cette table a dû être gravée entre de XIXe et le XVIe siècle avant le Christ, si tu vois…

-Je vois, dit Alexis au comble de l'intérêt. Le plus vieux que je connaisse en trigo, ce sont les séries de Madhava vers la fin du XVIe siècle de l'ère chrétienne … de NOTRE ère, insista-t-il. Une trigo en base soixante ! Ça devait être très précis, ne crois-tu pas ?

-Il faut d'abord que je décode le procédé, ensuite nous pourrons le faire fonctionner et évaluer la précision. Tu pourrais m'aider si ça te plaît.

-Un peu, mon n'veu ! Donc tu lis le babylonien ? C'est drôle…

-Pourquoi ? Je suis archéologue et je sais lire quelques langues perdues dans l'Histoire !

-Ce n'est pas ce que je voulais dire, excuse-moi. Figure-toi qu'il y a six ans, nous avons recueilli deux personnes, des époux et la femme savait lire le babylonien. Regarde-moi, s'il te plaît…

Il examina le visage et la silhouette de sa protégée, et curieusement Ariane n'en éprouva aucune gêne.

… J'avais la vague impression de t'avoir déjà vue ; la dame dont je te parle… tu lui ressembles !

Ariane pâlit, son cœur battit plus fort. « Et comment était son mari ? » demanda-t-elle.

-Un homme au visage buriné, le menton volontaire comme le tien, le nez aquilin. Coupe de cheveux stricte, cheveux gris. Taille de plus de 1m80.

La jeune femme semblait hésiter entre l'angoisse et l'espoir : « peux-tu m'en dire plus ? » Alexis fit défiler ses souvenirs. Ah ! Oui ! L'homme l'avait encouragé à étudier l'astrophysique.

-Eh bien... Il semblait pointu en physique et en maths.

-Mon Dieu ! Tu me décris mon père ; mais c'est impossible, n'est-ce pas ? Une coïncidence ? Mes parents, m'a-t-on dit, ont disparu loin d'ici. Que sont devenus ces gens ?

-Je pense qu'on les a conduits auprès du Conseil Provincial, mais seul Martial pourrait t'en dire davantage... si ce n'est pas un secret.

Ariane était bouleversée, voilà deux fois qu'elle entendait qu'elle ressemblait à cette mystérieuse archéologue. Se pourrait-il... ? Elle savait qu'il serait impossible de faire parler Martial. Le plus sage était d'attendre et de recueillir des informations plus complètes.

Le lendemain était dimanche. Isabelle s'apprêtait à se rendre à l'église. « Es-tu croyante ? » demanda-t-elle à Ariane.

-Mes parents m'ont fait baptiser, en secret car après le Grand Reset le christianisme a été persécuté par les athées comme par les musulmans. Je connais le catéchisme. Je ne sais pas si je crois, mais souvent, depuis la disparition de mes parents, il m'est arrivé de souhaiter l'existence d'une puissance spirituelle vers qui élever nos espérances au-dessus du délire du monde fou dans lequel je vivais.

-Viens avec moi, offrit Isabelle, tu comprendras que ton espoir n'était pas vain.

L'église romane était petite, beaucoup de fidèles s'y tenaient. Ariane fut émue par la lumière traversant les vitraux du chevet, signifiant par là qu'il y avait une présence venue à la fois de très loin et de très près.

« *Et introíbo ad altáre Dei : ad Deum qui lætíficat juventútem meam.* » La messe était dite en latin, et au fur et à mesure que se déroulait la liturgie, Ariane se sentait envahie par une joie extraordinaire. La paix de l'âme, pensa-t-elle, avec l'espérance. Avant l'*Ite missa est* s'éleva d'un coin de la nef la prière adressée par les Gardes à l'archange : « Saint Michel Archange, défends-nous dans le combat, sois notre secours contre le Malin et les embûches du démon... ». Au retour, Ariane demanda si tout le monde, dans les communautés, était croyant.

-La plupart, répondit Isabelle, tous catholiques d'avant Vatican II. Mais il y a aussi des agnostiques et des athées. Nous nous tolérons les uns les autres, les frictions sont rares en ce domaine et en général, croyant ou non, chacun respecte la morale.

Lorsqu'elles arrivèrent à la maison, Bastet les accueillit en se roulant par terre ainsi qu'aiment le faire les chats.

-Cette minette nous aime, dit Ariane.

- C'était la mimi d'Eugénie qui nous a quittés il y a un mois, paix à son âme. Avec toi, elle a trouvé une nouvelle tendresse, je crois bien.

-Elle m'a guidée jusqu'ici. Eugénie savait lire les hiéroglyphes ?

-Non ! Quelle idée ! La plaque du collier a été gravée par l'Émile suivant les indications de l'archéologue dont nous avons parlé.

Un nouvel indice, se dit Ariane.

L'après-midi, revenu à son observatoire, Alexis constata une baisse sensible de l'activité solaire. Deux messages attendaient sur le photoscripteur, le premier envoyé via par le réseau *Zenia* : « Плесéцк- de Michel à Alexis. Salut. Espère orage solaire pas fait trop dégâts chez vous. Contents des pétales Фарадей sur satellites, Zenia protégée. Tout va bien. Bises à ma mère. Fraternité. »

Le second émanait du Commandement Provincial de la Garde : « Agent Estelle signale de graves troubles à la Bulle. Habitants des quartiers Assa ont forcé la porte et se répandent dans la ville. Pillages et assassinats. Quartiers Naturels assiégés mais résistent. Envisageons intervention. Participation centurie « Gartempe » requise. Instructions parviendront lundi 16 à 14h via chaîne commandement. Message classifié Très Confidentiel. CPG Généchef Légion « Limousin ».

Alexis renvoya un accusé de lecture.

XII

Le lundi suivant, après avoir aidé Isabelle au jardin, Ariane se remit à l'étude de la tablette. Revenant au mystérieux « *Takiltum* » elle supposa que chaque nombre de la première colonne représentait bien un carré qu'elle nota δ_n^2. Si l'on enlève 1 à ce carré, on obtient un autre carré qu'elle nota β_n^2. Supposons, pensait-elle, un triangle rectangle d'hypoténuse δ_n^2 ; si $\delta_n^2 - 1 = \beta_n^2$, alors on peut supposer que β_n^2 est un côté du triangle, et que 1 est la mesure du troisième côté. Si j'ai raison, β est le côté court et nécessairement inférieur à 1...

On frappa à la porte. Alexis entra et vit les calculs auxquels s'était livrée Ariane. Celle-ci lui exposa son hypothèse, qu'il trouva sensée : β peut être inférieur à 1 et supérieur à zéro. Mais, ajouta-t-elle, elle n'arrivait pas encore à comprendre les colonnes 2 et 3.

-Ça viendra, je n'en doute pas. Excuse-moi d'interrompre ton travail, car j'ai à t'entretenir, avec l'autorisation de notre centurion, d'une expédition prévue en direction de la Bulle afin de porter secours aux habitants de ton arrondissement. Ils sont assiégés.

-J'aurais dû m'en douter ! Les racisés ont dû fracasser la porte Assa, s'acoquiner avec les gauchistes et piller les Magasins Généraux. Ce qui veut dire que les Naturels doivent manquer de ravitaillement. Pour l'eau, il y a des puits. Les murs sont hauts et bâtis à surplomb, donc difficiles à escalader. Espérons que la porte Protohumaine tiendra le coup !

-Nous allons essayer d'entrer dans la Bulle par la porte extérieure Ouest, expliqua Alexis, nettoyer les grands axes et gagner les quartiers des Naturels. Connais-tu cette porte occidentale ?

-Elle est énorme, avec deux battants en acier épais de deux cents millimètres.

-Aïe ! C'est un peu coriace pour nos projectiles !

-À mon avis, les points faibles sont les crapaudines. J'estime qu'elles reposent dans des massifs de béton d'environ soixante centimètres de profondeur. Mais il y a huit anneaux à tenir l'axe, forgés dans des barres d'acier de cinq centimètres d'épaisseur.

Alexis notait ces indications, en les reportant sur le dessin qu'avait machinalement tracé Ariane en parlant. Pour les anneaux, la thermite devrait pouvoir faire l'affaire, et l'explosif pour les crapaudines. Le centurion Toussaint verrait avec le Génie.

-Ariane, nous allons te demander un service. Connais-tu bien ton ancien arrondissement ?

-Oui, bien sûr ; que dois-je faire ?

-Tu n'as sans doute pas envie de retourner là-bas, mais nous aurons besoin d'un guide. Notre agent -tu la connais, c'est Estelle- est trop occupée à diriger la défense et à mettre de l'ordre dans l'arrondissement.

-Estelle ! Je suis contente qu'elle soit en vie ! Naturellement, je vous guiderai. Quand partons-nous ?

-Je recevrai des instructions cet après-midi. Merci, Ariane, d'accepter cette mission qui n'est pas sans risque. Viens avec moi au magasin de la décurie, nous allons t'équiper.

On lui donna un treillis camouflé « maquis » à six tons, une paire de demi-bottes de combat en cuir, et pour coiffure un calot bleu marine portant l'insigne de la centurie.

-Revue de détail ! tonna la voix de Martial. Dites donc ! Comment avez-vous attifé notre petite soldate ? Vous n'avez pas honte de la fagoter comme un sac ? Le tailleur, au trot ! Vous allez lui retailler cet accoutrement, et que ça tombe pile-poil ! Et puis donnez-lui des chevrons d'optione, un ceinturon et un étui pour son flingue. Exécution !

Personne n'eût songé à désobéir à Martial, et en deux heures de temps Ariane devint la plus jolie des guerrières, selon Alexis : « Elle est belle !!! ». Martial eut l'air satisfait de cette transformation. Alexis raccompagna Ariane chez elle.

-Martial est un vétéran, expliqua-t-il, il était déjà chef d'un maquis en 2022. Il a participé à tous les combats vingt-cinq ans durant, et a fini chef de cohorte, colonel, si tu préfères. Il n'a décroché qu'en 47, à 65 ans, quand il a vu que nous pouvions définitivement résister au Monde Nouveau.

-Il a une sacrée autorité. Et vous l'avez élu maire sans hésitation.

-Par acclamations, en fait. Il a son Conseil, mais dès qu'une décision concernant l'organisation de la communauté est à prendre, il consulte tout le monde par référendum. Cette pratique se répand dans les communautés alentour.

Les instructions arrivèrent comme prévu. Les deux décuries sur pied de guerre seraient remplacées le temps de l'expédition par les vétérans territoriaux. Regroupement de la centurie le lendemain, sur l'A20 à hauteur de la Bussière.

Passant devant la mairie, Ariane aperçut un gros véhicule bardé d'antennes en compagnie de deux autres d'aspect très différents et munis de petits canons. Elle l'examina, lui trouvant un air bizarre et vieillot. Martial vint lui expliquer.

-C'est une prise de guerre, un *Hummer* H1 américain de l'OTAN capturé en 2023 dans les bois. Ces imbéciles croyaient nous poursuivre, nous les avons attirés dans une fosse camouflée. Une fois le nez plongé, tintin pour en ressortir par ses propres moyens !

Martial lui raconta le début des guerres civiles, les banlieues armées faisant irruption au cœur des villes, les gauchistes enragés se croyant au Grand Soir, l'organisation des maquis dans les campagnes en prévision de l'extension des troubles, l'armée nationale divisée entre l'obéissance à un pouvoir impuissant et corrompu et la dissidence patriotique.

-Tu parles si ça fumait, jubilait Martial, nous autres n'avions que des armes légères, mais nos tactiques compensaient. Et voilà qu'un jour, la situation ayant envenimé toute l'Europe, les démocrates américains décident d'envoyer leurs zozoboys sous l'étiquette OTAN.

Il fallait imaginer tout le tremblement, de l'aviation en pagaille, des drones, des forces spéciales et une intendance de tous les diables. Ils ont réussi à calmer le jeu dans certaines villes, en bombardant comme des gogols, Paris, Lyon, Toulouse, Marseille en cendres. Et après, ils ont prétendu nous faire entrer, nous les Rebelles, dans leur ordre mondial.

À ce point du récit, Martial fit un bras d'honneur et éclata de rire :

-Des clous, Loulou ! Ils croyaient nous rentrer dans le chou comme si nous étions des racailles et des tarlopes. Ils avaient oublié qu'ils s'étaient fait courser au Vietnam par des nha-qués chaussés de vieux pneus, puis tirer comme des lapins par des fellouzes, en Afghanistan et ailleurs. Et que nous sommes, historiquement, une terre de maquisards !

Avec nous, une division d'infanterie ne trouvait personne en face mais se faisait ratatiner par petits paquets dans des embuscades quand elle décrochait. Ils pouvaient toujours bombarder, c'était comme cribler une passoire avec des petits pois. Et nous, c'était une goutte de mercure, tu essaies de la rattraper, elle éclate en gouttelettes, mais quand il faut concentrer du monde pour cogner, la goutte se reforme.

Là-dessus, les Russes avaient compris le danger pour eux-mêmes, alors ils nous ont parachuté en douce des armes modernes. L'OTAN a commencé à perdre des avions, des chars et surtout des grivetons. Du coup, ils ont équipé à coups de dollars une armée de supplétifs *français reniés* et de djihadistes, et ont mis les bouts après sept ans. Nous autres, à peine vingt-mille au début, comptions maintenant des légions de volontaires.

La situation stratégique a changé carrément depuis le 10. Vous allez peut-être rencontrer quelques mercenaires en vadrouille, sans moyens numériques, sans transmissions, sans armes modernes vu qu'elles sont carbonisées. Mais tout de même : la tactique de la goutte de mercure vaut toujours.

Que Dieu vous bénisse, et toi, petite, veille bien sur toi... et sur eux, parce que je les connais, parfois un peu trop téméraires, surtout lorsqu'une jolie fille les regarde !

XIII

Le soir, Alexis vint trouver Ariane, porteur d'une demande du centurion Toussaint. Il souhaitait qu'elle préparât un topo afin d'expliquer aux Gardes à quels énergumènes ils pourraient être confrontés en arrivant à la Bulle. Elle considéra trois catégories, en dehors des Naturels : les apeurés, les idéologues fanatiques et enfin les conquérants, fanatiques eux aussi. Cela correspondait à-peu-près à la répartition de la ville en trois zones, la quatrième étant celle des Naturels. Elle notait :

-Premièrement, commença-t-elle, il y a les *bobos*, épris d'universalisme, gagnants du mondialisme. Très hédonistes, se considérant comme citoyens du monde, ils ne pensent que selon la doctrine officielle du Monde Nouveau. Prompts à s'enflammer pour les motifs les plus vains, les plus risibles, ils n'ont cependant guère de courage et préfèrent éviter qu'affronter. Ils ne présentent qu'un danger intellectuel.

-Ensuite, poursuivi Ariane, voici le monde interlope, très hétérogène, des idéologues fanatiques. S'y trouvent des adeptes d'une sexualité déviante et des personnages atteints de troubles pathologiques du genre. Tous ces gens peuvent faire montre d'exaspé-ration hystérique, voir accomplir des déprédations et molester les personnes sensées qui les contredisent.

Mais nous avons aussi les fanatiques activistes : végans, antispécistes, extrémistes « antifas » et « blackblocks », « intersectionnalistes » prenant

69

n'importe quel autre groupe pour piétaille et chair à canon. Ceux-là sont animés d'une fureur destructrice et connaissent les tactiques du combat de rue.

-Enfin, les *conquérants*; les uns veulent l'islamisation finale de l'Occident, les autres, sous le vocable spécieux de « décolonialistes », entendent réellement coloniser. Tous sont mus par un ressentiment fantasmatique à l'encontre des « Blancs ». Cette population ethniquement divisée se constitue d'une multitude de tribus et de clans souvent en belligérance mais capables à l'occasion de se fédérer contre un adversaire. Armés et entraînés à la guerre urbaine, ils sont très dangereux.

Alexis lut le mémoire remis par Ariane et s'exclama : « Bon Sang ! C'est un pandémonium ! »

-Oui, dit Ariane en riant, mais cet Enfer n'a que trois cercles ! Très vite des secteurs urbains sont devenus la propriété de clans et des affrontements très meurtriers s'ensuivirent, ce qui explique la partition de la Bulle en arrondissements, districts et quartiers réservés, clos par des murs et des portes.

-Donc, si j'ai bien compris, le danger vient des activistes fanatiques et surtout des rombiers de la porte Assa ?

-Je le pense, conclut Ariane.

Le lendemain les trois véhicules de la décurie furent rejoints au point de ralliement par deux transports blindés de la décurie de Saint-Amand. À 9h30 la centurie était rassemblée.

-La cavalerie va arriver d'une minute à l'autre, annonça le centurion Toussaint.

Apparurent cinq blindés équipés de canons de 88. Chacun portait un nom : *Marengo, Lützen, Friedland, Wagram, Eylau*. Alexis expliquait qu'il s'agissait de chars BMP « Terminator » adaptés au combat urbain grâce à l'adaptation d'un canon de 88mm à débattement en site de -35 à +85 degrés.

-ils portent des noms de victoires, remarqua Ariane, comme *Poitiers* et *Castillon*, nos transports blindés, mais pourquoi notre Hummer s'appelle-t-il *Vatan* ?

-Ah ! C'est une de nos petites victoires d'il y a quatre ans ! Nous étions tombés sur un fort parti de supplétifs appuyés par des drones. Nous avons plumé les drones et éparpillé les mercenaires façon puzzle, répondit Alexis en riant.

Toussaint expliqua l'ordre de marche. Afin d'éviter les mauvaises surprises, la centurie serait partagée en cinq groupes précédés d'un Terminator. Ils se déplaceront parallèlement de part et d'autre de l'autoroute, les décuries Épervier et Milan suivant l'A20. En cas de coup dur, les groupes se dérouteraient vers le groupe attaqué et prendraient l'ennemi de flanc et à revers. On remit les itinéraires à chaque groupe.

-Un satellite géostationnaire est en cours de repositionnement par les Russes, pour observer. Calez vos GPS sur le réseau *Zenia*, fréquence bande W 78GHz, code « Spaseba ». Le géo sera disponible dans environ une heure, mode FMCW.

Le centurion fait ensuite part à ses hommes des informations données par Ariane.

- Faites gaffe aux gauchos et aux Assa. Bon... Toutes les radios calées canal 5, tâchez de ne pas encombrer la fréquence. Nous partirons dès que la logistique aura rallié.

Ariane, qui ne connaissait la guerre qu'à travers des récits historiques, suivait attentivement la préparation de l'expédition. Encore n'était-ce qu'un coup de main mobilisant cent combattants, mais elle comprenait que ce n'était pas facile à organiser.

Quand tout fut prêt, les groupes se dispersèrent pour une course de quelque quatre cents kilomètres. La marche se déroulait sans incident et Ariane, qui n'avait rien d'autre à faire observait tantôt les vues envoyées par le géostationnaire, tantôt le paysage : champs d'OGM, carcasses brûlées d'éoliennes agitant en vain leurs pales déformées dans le vent, et ici et là des épaves témoignant de combats.

Après avoir défilé le long de l'aérodrome de Déols désert, ses aérobus hors service, le groupe poursuivait vers le nord. Un peu plus tard, Ariane remarqua un panneau indiquant une sortie vers Vatan.

-Voilà donc l'endroit de la « petite bataille » ?

-Affirmatif ! Tu vois que nous avons laissé des vestiges des techniques du Monde Nouveau ainsi que quelques ruines intéressantes à visiter. Mais le bourg est intact, nous avons protégé les civils.

Cette remarque fit s'interroger Ariane quant aux suites de l'expédition. Si nous évacuons les Naturels, quel sera le sort des bobos et des autres ? Elle posa la question à Alexis.

-Que ferais-tu toi-même, répondit-il, compte tenu que leur Monde Nouveau a essayé de nous détruire pendant trente ans, que ces gens sont inassimilables et que nous n'avons pas suffisamment de ressources pour entretenir des groupes potentiellement hostiles ?

-Grave dilemme, dit Ariane, il est vrai que ces populations pourraient constituer une menace, bien que pour le moment leur technologie a reculé d'au moins un siècle. Mais nous ne pouvons pas les exterminer, ce serait criminel.

-Exactement. Et qu'aurait fait Ponce Pilate ?

-Il les aurait laissés se débrouiller entre eux. Je vois : seuls les plus forts survivront ; ce n'est pas très moral, mais j'admets que dans certains cas l'éthique doit céder à la pragmatique.

-Les plus fort ET les plus intelligents, corrigea Alexis. Ceux qui auront compris la leçon abandonneront leurs idéologies fumeuses et, comme nous, se mettront au travail. Alors nous pourrions coopérer avec eux.

-Je comprends, dit Ariane, cela me semble une solution raisonnable. Il y eut des cas semblables dans l'Histoire.

XIV

Palaiseau. Toujours aucune opposition, la ville semblait abandonnée. On bifurqua vers Saclay ; les véhicules de l'expédition traversaient le plateau naguère dédié à la recherche fondamentale et à la haute technologie. Maintenant, le désert. Il régnait une odeur de brûlé, l'on voyait des barres de sous-stations électriques coupées comme des fusibles, des transformateurs encore en feu. Ariane remarqua le délabrement du synchrotron à l'aide duquel certaines pièces archéologiques avaient été analysées. Montigny, désormais ville-zombie. La Bulle se situait entre Trappes et Mantes-la-Jolie. Les tours de verre apparurent bientôt, ceintes de hauts murs. La centurie contourna par l'ouest et stoppa à quelque deux kilomètres de la porte. La distance était suffisante pour que des cris, des éclatements, des coups de feu parviennent jusqu'aux gardes. On se battait dans la ville.

-Nous voilà cent devant une ville de deux millions d'habitants et nous devons en sauver cinq mille, dit pensivement Alexis, j'espère que l'État-Major sait ce qu'il fait !

-Ne t'en fais pas, le rassura Toussaint, deux centuries remontent en ce moment d'Auvergne, deux autres arrivent, l'une de Vendée, l'autre de Bretagne.

-Ouais... Mais je me dis que nous devrions jouer de l'effet de surprise, seulement nous n'avons que trois heures de jour devant nous, et un combat urbain de nuit, ce n'est pas l'idéal !

-Je fais prendre des dispositions pour la nuit. Envoie des voltigeurs reconnaître le terrain, jusqu'à la porte si possible, et rendre compte.

-J'y vais avec mes gars. Ariane, quelle est la hauteur de l'enceinte ?

-Vingt-deux mètres. Je viens avec vous !

-Négatif, Ariane, coupa Toussaint, j'ai du travail pour toi.

-Vingt-deux mètres, réfléchit Alexis, je vais emporter des perches à grappins. D'en haut, on verra mieux.

Il prit le matériel et, avec quatre hommes, s'éloigna vers la porte.

-Ariane, dit Toussaint, tu as l'habitude du carroyage, alors voilà : tu prends une photo satellite verticale, et tu la divises en carreaux à bonne échelle. Donne une lettre à chaque carreau. Chaque décurie recevra une copie.

Revenue au *Vatan*, Ariane choisit une vue verticale de la Bulle, l'agrandit suffisamment pour que l'essentiel des rues et bâtiments soit visible, et entreprit de calculer les dimensions du carreau-unité puis traça le carroyage. C'était pour elle un travail assez routinier, aussi se prit-elle à tendre l'oreille. Et s'il y avait des coups de feu ? Qu'arriverait-il aux voltigeurs s'ils étaient repérés ? Elle s'inquiétait pour eux...

notamment pour Alexis. Les voltigeurs revinrent deux heures plus tard, et Alexis fit un bref rapport :

-Personne à l'extérieur, aucun chouf sur le mur d'enceinte, par contre les rues autour de l'arrondissement des Naturels sont pleines de types qui l'assiègent. Avec le vacarme que nous ferons pour dégonder la porte, ils vont rameuter du monde.

-Il faudrait pouvoir envoyer des gars sur le mur pour les disperser, mais alors nos hommes seraient exposés, déduisit Toussaint.

-Mais, dit Ariane, il me semble qu'il y a deux épaulements, l'un vers l'intérieur, l'autre vers l'extérieur ; cela fait une sorte de chemin de ronde, non ?

-Exactement, dit Alexis, des grenadiers seraient à l'abri des tirs d'armes automatiques.

Bretons et Auvergnats venaient d'arriver feux éteints comme prescrit. Les chefs de groupes s'étant présentés, ils se mirent aux ordres de Toussaint, plus ancien et plus expérimenté. Le centurion exposa son plan d'attaque en s'aidant du carroyage d'Ariane.

-Les Assa armés ont envahi la zone industrielle, pillé les Magasins Généraux, puis sont remontés vers le nord et ont fait cause commune avec les bandes ultra-gauchistes des arrondissements situés en E, F, I, J sur la photo. Ce vilain monde assiège les bobos en C et D, mais on s'en fout, et les Naturels en A et B. Il faut sécuriser A et B, ce qui veut dire nettoyer les rues du quadrilatère ACKI, les verrouiller en I et K afin d'empêcher une remontée des bandes restées au sud, installer deux verrous en C, l'un au débouché de la rue au nord du quartier bobo, l'autre au débouché de la rue sud du même quartier. Bloquer la porte Assa en G. Un char et les décuries nécessaires par verrou.

-Mais, interrompit un chef de groupe, si ces vicieux utilisaient des boucliers humains ?

-Nous ne sommes pas en mesure de faire de la sensiblerie, répondit sèchement Toussaint, quand ils nous attaquaient ils ne prenaient pas de gants avec les civils. Alexis ?

- Les rues en question sont de larges avenues entre les murs, pas de recoin ni d'obstacle pour s'abriter.

-Exact. Les chars tireront des shrapnells en cas de besoin. Progression en triangle à l'abri des transports blindés. Gaffe aux Assa et aux activistes qui seraient perchés sur leurs murs. Gérald, le début de l'opération ?

-D'après les observations, expliqua Gérald, la porte est assez large pour faire avancer deux chars de front. Si nous envoyons en douce une soixantaine de gardes en haut des murs pour grenader, à l'ouverture de la porte les hostiles devraient être suffisamment sonnés pour que les chars forcent le passage. Progression : les Armoricains vers le carré K par I et J avec deux chars, les Auvergnats vers le carré G par E et F. Les Limousins vers C par A et B. Avance rapide en triangle pour occuper toute la largeur de la rue.

-Correct, apprécia Toussaint. Dès que le quadrilatère sera sécurisé, les deux décuries de Val-Aux-Blés,

Épervier et Milan, aidés de sapeurs, ouvriront la porte Protohumaine et entreront dans l'arrondissement des Naturels, guidés par l'optione Ariane. La logistique enverra des transports pour l'évacuation. Dès l'opération terminée, replis par échelons vers la porte ouest sous protection des chars. Questions ?

-On sécurise la porte après le replis ?

-Affirmatif ; le génie va l'obturer au bulldozer.

-La zone de regroupement : on sécurise ?

-Bien entendu. La Légion du Morvan nous relèvera ensuite et s'occupera de ventiler les personnes libérées.

-Si des types se rendent ?

-Nous ne sommes pas là pour materner des gauchistes et des racailles, s'ils sont armés on les désarme, blessés on les soigne et tout le monde est renvoyé dans son quartier à coups de pieds au cul. Qu'ils se débrouillent !

Chaque centurion regagna son groupement pour communiquer le plan de bataille à ses hommes. L'heure H étant prévue pour huit heures, les gardes pouvaient se reposer. Aucun feu ni aucune source de lumière n'étaient permis. De piquet radio, Ariane, assise sur la bannette escamotable du Hummer dut choisir un peu au hasard une boîte de ration autochauffante. Par chance, du lapin à la moutarde accompagné de riz. Elle sourit en dégustant un vrai plat, à quelques encâblures des Magasins Généraux. Son quart de veille radio terminé, elle se lova sur la bannette et s'endormit.

XV

À l'aube, soixante grenadiers renforcés par des mitrailleurs gravirent le mur en silence à l'aide de grappins. De l'autre côté, Assas et activistes avaient relâché la surveillance. À huit heures, les sapeurs entreprirent de forer le béton vers les crapaudines, entourer les pattes à scellement des gonds avec des boudins de thermite, tandis que les grenadiers commencèrent à semer la panique et que les transports blindés se mettaient en ordre derrière les chars. Ariane était embarquée dans *Poitiers* mais ne devait pas, en principe, participer au combat à pied. Huit heures quarante-cinq :

-Boutefeu à Léo45. Prêts pour feu d'artifice !

Aux jumelles Toussaint s'assura que le groupe « Cachalot » Armoricain s'était bien placé à distance de la porte. « -Boutefeu, de Léo45 : feu ! » Les flammes aveuglantes de la thermite mirent les gonds en fusion puis deux explosions firent sauter les crapaudines. Les lourdes portes oscillèrent un instant puis s'effondrèrent.

-Léo45 à tous les groupes de combat. Évitez le bord chaud des plaques. En avant sur vos objectifs !

Les centuries se ruèrent dans la ville derrière les chars ; l'ennemi, déjà bien sonné par les grenadiers, n'offrit guère de résistance solide, il reculait en pagaille en tirant quelques rafales. On tenta de braquer un RPG sur le char *Eylau* mais un obus de 88 explosif fit échouer la tentative. Quelques-uns, plus rapides, gagnèrent le quadrilatère sud de la ville, mais le gros battait en retraite vers la porte Assa en espérant se barricader dans l'arrondissement. Ceux-là furent pris entre les feux des trois groupes de combat. Ariane voyait les effets de la mitraille. À onze heures les verrous étaient en place, quelques tireurs canardaient encore du haut des murs, mais ils furent vite débusqués.

-Léo45 à tous : cessez le feu. Restez en défensive !

Aucun dommage chez les Gardes. L'échelon médical commença à soigner les adversaires blessés. Le groupe Épervier s'arrêta devant la porte Protohumaine qui, à la grande surprise de tous, s'ouvrit. Une silhouette s'avança, suivie d'une clameur d'allégresse.

-Estelle ! cria quelqu'un à côté d'Ariane.

Ce cri de joie venait de Jean-Pierre. Tiens... Tiens...

-Jean-Pierre ! Ils coururent l'un vers l'autre et s'étreignirent longuement jusqu'à ce qu'Alexis grommelle :

-C'est très romantique, mais les effusions seront pour plus tard. Nous entrons, à toi Ariane !

Ariane avait compris que l'on ne pouvait pas planifier l'évacuation des Naturels sans connaître la situation et l'état d'esprit des personnes concernées. Par conséquent, elle devait improviser de la manière la plus rationnelle possible. Elle fit signe à Estelle de la rejoindre.

-Estelle, je suis heureuse de te retrouver, mais nous en parlerons plus tard. Pour l'instant, dis-moi ce que tu sais de tous ces gens.

-À tes ordres, optione ! répondit Estelle en riant. Bon... Nous avons ici une population en majorité moutonnière et rares sont les dissidents de ta trempe. La plupart des gens attendent tout des autres comme ils attendaient tout de la gouvernance. Ces mollusques s'imaginent que vous êtes venus occuper la ville, tout remettre en état, et que la vie continuera comme avant.

-Pfff ! fit Ariane, ils vont ruer dans les brancards lorsque nous leur expliquerons qu'ils vont changer de monde ! Les Dissidents ?

-Les seuls vaillants ! J'ai un réseau dans les quartiers, et dès que je les ai rejoints, ils m'ont aidée à défendre l'arrondissement. Ils ont déniché des outils, abattu des arbres, étayé la porte pour qu'elle résiste, grimpé sur les murs et, d'en haut, balancé des projectiles sur la racaille.

-Nous pouvons donc compter sur eux, conclut Ariane. Je suppose qu'ils connaissent bien les habitants. Premièrement, ils pourraient recenser toute la population de chaque quartier par ilot, puis regrouper tout le monde sur des places ou dans des jardins publics pour recevoir nos instructions. Chaque équipe sera aidée de quatre de nos gardes. Deuxièmement, veiller à ce que chaque famille, couple ou personne isolée ne prenne qu'un bagage léger contenant le linge indispensable. Troisièmement, ventiler les gens dans les transports en procédant par appel nominal.

-Ils feront cela, j'en suis sûre, dit Estelle. Mais il y aura à coup sûr des manifestations de mécontents. Dans ce cas, dis aux gardes de montrer les dents.

-Bien sûr. Donne nos instructions aux dissidents, je vais annoncer le recensement.

Le transport blindé *Poitiers* attendait, Ariane décida de l'utiliser, avec l'accord d'Alexis. Elle s'installa dans la tourelle, micro en main. Connaissant par cœur les ruelles des quartiers, les ayant maintes fois parcourues dans son enfance, elle savait où aller.

-Avis à la population ! Les forces de la Confédération Patriotique sont là pour votre sécurité. Il est demandé à chaque famille, chaque couple, chaque personne isolée, de se rendre au commissariat gouvernemental du quartier afin de procéder au recensement de la population. Munissez-vous de tout document justifiant de votre identité, si vous en possédez. Merci.

Le conducteur avait eu l'idée d'enregistrer le message, il fut donc diffusé *ne varietur*, Ariane satisfaite de cette solution qui épargnait sa voix. Elle jugea bon, cependant, de garder la tête hors de la tourelle pour bien faire comprendre que ce n'était pas un engin téléguidé de la gouvernance qui parlait, mais bien un être humain. Quelques heures plus tard, les Dissidents ayant achevé leur travail de recensement, la population était regroupée aux lieux désignés.

Ariane avait demandé aux Transmissions cinq récepteurs équipés de haut-parleurs afin que ses instructions soient diffusées aux lieux désignés.

-Mesdames, Messieurs, merci d'avoir accepté d'être recensés. Un cataclysme solaire a mis l'ensemble des équipements électriques et numériques hors d'usage. L'extrême dépendance envers ces systèmes fait que plus aucun service auquel vous étiez habitués n'est assuré. La gouvernance a cessé d'agir faute de relais et de moyens. Comme vous l'avez constaté, votre propre sécurité est menacée. En conséquence, vous devez quitter cette ville.

Une rumeur s'éleva dans tout l'arrondissement, mais Ariane poursuivit :

-Je comprends que cette mesure soit pour vous un déchirement ; vous allez devoir vous séparer du cadre ordinaire de votre vie et vous craignez l'inconnu et les aléas de l'avenir. Sachez que nous en sommes conscients et que nous ferons tous les efforts possibles pour vous aider. Comprenez qu'il n'y a pas d'autre solution pour protéger vos vies.

Ariane cessa un instant de parler ; un lourd silence pesait sur la foule. Elle reprit :

- Il vous est demandé de prendre chez vous un bagage minimum, le linge indispensable et, si vous le souhaitez, quelques souvenirs. Vous avez une heure trente pour revenir là où vous êtes à présent ; vous serez ensuite répartis dans des véhicules de transport.

René, de la décurie Épervier, avait repéré un individu véhément qui, de toute évidence, s'ingéniait à soulever la foule. Le garde fit mine de l'ignorer, mais prêta l'oreille.

XVI

-Ils nous mentent, clamait l'énergumène d'une voix glapissante, tout ce désastre est la conséquence d'une cyber-attaque des Russes, et les rebelles, leurs valets, sont là pour nous déporter et nous exterminer ! Ne nous laissons pas faire !

Manifestement, ce discours avait eu l'oreille de quelques Naturels. René fit signe à ses compagnons qui pointèrent leurs armes vers le groupe. Ce que voyant, le quidam tenta de fuir, mais fut arrêté par la poigne vigoureuse de Jean-Pierre.

Alexis et Ariane furent à la fois surpris et amusés en voyant Jean-Pierre faire courir à l'échalote une espèce de nabot couinant des protestations outrées.

-Chef ! Voici un vilain pas beau qui racontait plein de choses salopardes pour inciter les gens à nous désobéir.

Alexis empoigna l'énergumène par le plastron et le souleva de terre : « Qui es-tu ? Tu n'as pas l'air naturel, toi ! ». Estelle, revenant de sa tournée des quartiers, fixa le prisonnier et le reconnut :

-Belle prise ! J'ai souvent vu sa sale tête à la télé. Vous détenez le sieur Areh, correspondant des Potentats, administrateur et tyran de la cité.

Peu de temps après les gardes amenèrent cinq autres agitateurs faits prisonniers au même motif. « Des Kapos » jugea Estelle. On remit à plus tard l'explication de leur présence dans les quartiers des Naturels, car pour le moment une bonne moitié des personnes rassemblées refusait d'obtempérer. Les protestations fusaient : vous nous avez trompés, vous nous chassez de chez nous, vous n'avez pas le droit de nous mettre dans la misère, nous voulons que tout revienne comme avant...

Alors Ariane, la douce Ariane, empoigna le micro avec colère.

-N'avez-vous pas honte d'être si pleutres ? Qu'êtes-vous donc ? Des chiens habitués au collier ? Des moutons tendant la gorge au boucher ? Vous êtes tellement assistés, tellement pétris de facilité, tellement biberonnés à la propagande, que vous ne réalisez même pas qu'ils ont fait de vous des sous-hommes !

Une onde de colère anima la foule, mais Ariane continua :

-Voyez comment vous vivez ! Un revenu unique « universel », vos envies influencées satisfaites pourvu qu'elles ne coûtent pas cher, des repas gratuits que vomirait un cochon affamé ! Toute cette duperie en échange de votre docilité !

Cris et quolibets fusèrent, mais la jeune femme en colère n'en eut cure :

-Vous vous croyez libres, mais vous ne savez pas ce qu'est la liberté. Vos grands-pères, vos pères ont acquiescé à toutes les lois les privant d'autonomie. On vous a fait tout avaler : les lois favorisant la perversion, le féminisme outrancier, les transgenres, l'écriture inclusive, le meurtre des fœtus à neuf mois, le remplacement de population, les éoliennes, les voitures électriques, les objets-espions connectés, la reconnaissance faciale ! Et j'en oublie !

Une épidémie bénigne apparaît et voilà que vous crevez de frousse parce que vous gobez la propagande ! Vous permettez à la gouvernance de vous enfermer et laissez mourir seuls vos anciens, vous chérissez le port du masque, vous devenez cobayes et applaudissez la quintessence de la tyrannie sanitaire, la vaccination aveugle obligatoire, le traçage numérique et enfin les implants ! Bande de nigauds ! Bêtes à manger du foin !

La voix d'Ariane enfla encore :

-Que savez-vous de ces implants ? Rien ! Ils espionnent votre état corporel, vos déplacements, l'état de votre richesse. Jusqu'à ce bienheureux cataclysme, l'implant pouvait vous tuer au bon plaisir du représentant, des Kapos, des potentats. Et vous, les plus jeunes, ils ont fait diminuer votre fécondité tandis qu'ils vous obligeaient à donner vos gamètes ! Pour fabriquer dans leur IRT des transhumains débiles et des chimères ! Honte à vous qui êtes restés passifs !

Un hourvari se déchaînait, mais Ariane tenait bon.

-Nous ne vous apportons pas la clef du Paradis, seulement de la sueur, des larmes, du labeur, de la responsabilité. Moi, qui ai vécu parmi vous et connais à présent la dignité humaine, je vous assure que cette finitude que peuvent compenser l'effort, la fierté et la joie de la réussite, est infiniment supérieure à votre état de cloportes qui survivent mais ne vivent pas !

Maintenant, je ne vous laisse pas le choix. Je ne peux pas vous dire « que ceux qui veulent rester, restent » car ce serait vous condamner à être massacrés par les meutes qui ce matin encore vous assiégeaient. Il n'y a que les imbéciles pour penser pouvoir s'arranger avec la racaille et l'ultra-gauche. Nous avons l'ordre de vous sortir de ce cloaque, de vous tirer de votre hébétude. Vous viendrez avec nous, que vous le vouliez ou non !

Des insultes fusaient, Ariane n'en avait cure. Mais Alexis s'inquiétait de trouver comment forcer les réticents à suivre les patriotes. Il ordonna aux gardes de tirer une salve en l'air, qui eut pour effet de faire baisser le ton.

-Nous pourrions jouer sur la peur, proposa Estelle, il faudrait trouver un moyen de leur flanquer une belle venette sans tuer personne.

-Attendez, coupa Ariane, avez-vous des fusils hypodermiques avec des seringues pour endormir les gros animaux ?

-Nous en avons, pas pour le rhinocéros, répondit Alexis, mais la version commando pour endormir un type à cinquante mètres, mais je ne vois pas…

-Facile : grâce à ces seringues, nous allons simuler une exécution. Nos six prisonniers pourraient être les vedettes de cette mise en scène.

On discuta des détails, y compris du bruitage, et les figurants non-consentants furent condamnés à quelques heures de sommeil. Pendant ce temps, les gardes avaient placé des mitrailleuses en batterie.

-Vous voulez nous massacrer ? demanda quelqu'un.

-Affirmatif, répondit le garde, mais les cartouches de mitrailleuse coûtent cher, alors nous allons prendre six otages, les fusiller, en prendre six autres... jusqu'à ce que vous deveniez raisonnables.

-Assassins ! Fascistes !

-Cause toujours ! ricana le garde. Tiens, vl'a l'ploton !

Alexis et des gardes s'avancèrent traînant les prisonniers qu'ils attachèrent à des poteaux ; presque tout le monde reconnut Areh et les Kapos.

-Voilà ce que nous réservons aux récalcitrants, annonça Alexis. Avis aux amateurs !

La salve eut l'air de crépiter et sous l'effet du narcotique les « fusillés » s'effondrèrent ; pour faire bonne mesure, Alexis donna le coup de grâce avec des balles à blanc.

Poussant des cris d'effroi, les récalcitrants quittèrent la place et s'empressèrent d'aller chez eux remplir un petit bagage. Une heure après, tout ce monde était de retour, résigné.

-Bien ! Collez ces faux macchabées aux fers en attendant leur réveil, ordonna Alexis. Ariane, tu as manœuvré comme une reine !

-J'ai un peu honte d'avoir réussi grâce à un subterfuge, répondit Ariane, mais enfin, il n'y a pas mort d'homme, et qui veut la fin...

XVII

-Épervier à Léo45. Rassemblement terminé, prêts pour évacuation.

-Léo45. Bien reçu, Épervier. Les transports arrivent.

Trente minutes plus tard, la noria des camions commençait. L'adversaire ne réagissait pas. À 18h, l'arrondissement des Naturels était vidé de ses habitants.

-Ariane, ne souhaites-tu pas passer par ton appartement avant notre départ ?

Alexis devinait que tel était le vœu inexprimé de la jeune femme. Bientôt, Ariane manœuvrait les deux vieilles serrures et, la pince étant hors d'usage, ils entrèrent dans l'appartement. Tandis qu'Ariane empilait quelques vêtements et affaires personnelles, Alexis remarqua la photo des parents. « Nos visiteurs d'il y a six ans ! », reconnut-il, mais il ne pouvait encore rien dire à Ariane. Ils sentait pourtant qu'elle avait deviné quelque chose.

-Tu devrais prendre les archives de tes parents !

-Mais cela représente deux grosses malles, c'est impossible, répondit-elle.

-Nous avons de la place dans le Hummer, je l'appelle.

C'est ainsi qu'Ariane, le cœur un peu serré, quitta ce lieu où elle avait vécu trente années. Avec les archives et les photos de ses parents.

-Léo45 à toutes unités. Repli à 18 heures selon schéma. Direction : regroupement.

Le repli se passa sans anicroche, l'adversaire étant sérieusement éprouvé. Le camp de ralliement était parfaitement organisé, et sitôt ralliées, trois centuries en organisèrent la sécurité.

-Je m'inquiète de la suite, dit Ariane, les récalcitrants sont pour l'instant sous le coup de la peur, mais comment vont-ils réagir au contact de la vraie vie ?

-Les communautés d'accueil devront les apprivoiser, dit Toussaint.

-Je propose que les groupes soient encadrés par les Dissidents, suggéra Estelle. La logistique est en train de ventiler les arrivants, avec leur aide. Nous avons quelque deux-cents dissidents, on peut les placer où il faut, je ne pense pas qu'ils refuseront cette mission.

-Très bien, préviens-les, Estelle, je vais donner des ordres en ce sens, conclut Toussaint.

Comme il était maintenant licite d'allumer des feux, les gardes purent enfin prendre un solide repas. L'intendance fit merveille et Ariane, amusée, constata que les Naturels semblaient apprécier une vraie cuisine de terroir. Ah ! se dit-elle, ironique, je n'ai pas vérifié si les Magasins Généraux avaient livré ma pâtée avant le cataclysme !

Le soleil venait de se coucher et Alexis, comme Ariane, chacun de son côté, contemplaient l'Étoile du Berger. « *Vénus mon amie…* » chantonnait Alexis, et

Ariane récitait : « *À mes pieds l'étoile amoureuse/De sa lueur mystérieuse/Blanchit les tapis de gazon.* »

Le lendemain matin, Toussaint réunit les centurions et décurions pour analyser le déroulement de l'opération. L'on convint qu'elle fut un succès, mais qu'elle ne pouvait être considérée comme une bataille, qu'elle était au mieux une opération de police très réussie. L'empilement de pierres ne murait pas vraiment la porte ouest et les habitants enfermés pourraient toujours se frayer un passage vers la campagne une fois qu'ils auraient réglé leurs comptes entre eux. Il était toutefois impossible d'assurer la sécurité des campagnes environnantes, c'eût nécessité la présence de forces considérables. La Légion du Morvan ayant signalé son arrivée pour l'après-midi, il fallait dresser un état complet de la population évacuée, puis mettre les groupements de combat en ordre de replis vers leurs bases.

En fin de matinée, Ariane ayant accompli la tâche qu'on lui avait assignée, parcourait les allées de la « cité de toile ». Elle remarqua que si beaucoup de rescapés semblaient résignés à leur sort et déambulaient désolés et incertains, beaucoup d'autres affichaient le regard tranquille de ceux qui, ayant échappé au danger, goûtent le sel de la vie et ont confiance en l'avenir. Ceux-là s'intègreraient sans peine dans les Communautés.

-Professeur ! Professeur ! S'il vous plaît !

Ariane, surprise, vit deux jeunes gens ; elle s'avança et comprit qu'il s'agissait d'un jeune ménage. L'homme était bâti en athlète et portait une fine moustache agrémentant son visage décidé. L'épouse portait une longue chevelure blond ambré, ses yeux avaient la limpidité d'une source sous le ciel de printemps. Ariane nota qu'elle arrivait presque au terme d'une grossesse et semblait épanouie.

-Professeur, vous souvenez-vous de nous ? Nous étions tous deux doctorants, il y a deux ans.

-Mais oui, se souvint Ariane, Aurélien et Alice, le « double A ». Vous étiez très assidus et je voyais en vous deux futurs brillants archéologues, puis soudain vous avez disparu. Pourquoi ?

Ils lui expliquèrent avoir été choisis sur des critères génétiques pour être donneurs de gamètes à la réquisition de l'IRT et qu'ils avaient refusé car ils désapprouvaient les manipulations génétiques du maudit institut, et parce qu'Alice craignait de devenir stérile. On les chassa de l'Institut sous un prétexte inacceptable et ils durent mener une existence hasardeuse, aidés par la Dissidence.

-Nous ne serons jamais assez reconnaissants envers vous et envers les gardes qui nous ont sauvés, dit Alice.

-Cela ne s'est fait que grâce à la tempête solaire qui a détruit les systèmes du Monde Nouveau, rectifia Ariane. Quels sont vos projets, maintenant ?

-D'abord accueillir et élever notre enfant qui s'annonce, l'éduquer dans un milieu raisonnable, très loin des délires du Monde Nouveau, devenu heureusement impuissant, commença Aurélien.

-Et achever notre doctorat pour devenir archéologues, termina Alice.

Ariane réfléchit. Elle ne savait pas si là où ces jeunes gens seraient accueillis l'université serait en mesure d'achever leur formation. Elle-même, les évènement se précipitant, n'avait pas le temps de songer à son propre avenir en tant que professeur d'archéologie, cependant elle était sûre que son devoir était de transmettre ce qu'elle savait, aussi ne balança-t-elle pas à leur proposer une solution.

-Voulez-vous venir chez nous … enfin, je veux dire dans la Communauté de Val-Aux-Blés ? Vous y apprendrez à vivre comme moi au milieu de personnes sensées et fraternelles. Votre bébé y naîtrait entouré de votre amour et de la sollicitude de tous. Je pourrais vous aider à avancer vos recherches puis à obtenir vos diplômes.

Tous deux dirent oui d'une même voix.

-Je vais m'arranger pour que vous veniez avec nous dans le véhicule de commandement ; le seul risque pour vous et le bébé, Alice, est qu'avec la suspension d'un engin de guerre vous soyez un peu chahutés et que Bébé pointe son nez un peu en avance. Je pense que l'échelon sanitaire ne nous refusera pas une infirmière.

Le décurion, sensible aux arguments d'Ariane et ému par l'histoire des jeunes époux, ne se fit pas tirer l'oreille et donna des ordres en conséquence.

La Légion du Morvan arriva tôt dans l'après-midi. Le général félicita les chefs de groupes. On lui transmit toutes les informations nécessaires à l'accomplissement de sa mission. Toussaint annonça le départ de sa centurie pour huit heures le lendemain, en reconduisant les mêmes dispositions de sécurité que pour la marche aller.

Le soir, Alice et Aurélien furent invités à partager la popote des décuries Épervier et Milan. Surprise : René avait apporté dans une glacière cinq gros lièvres qu'il avait braconnés la veille du départ de Val-Aux-Blés. Il les cuisina quatre heures durant, les faisant mijoter à feu doux dans une sauce au vin.

-Ce serait meilleur si j'avais pu les faire mariner, dit René, mais on verra bien !

En vérité, le fumet de ce civet était si appétissant que le général, par l'odeur alléché, s'invita à table.

-Ah ! s'écria Aurélien, on sait bien vivre dans les campagnes rebelles ! Bravo, René !

Ariane, elle, ne disait rien : elle goûtait dans la chair des lièvres tous les sucs, tous les parfums du terroir.

XVIII

Au matin, Alexis s'enquit de la santé des prisonniers. Entravés, ceux-ci avaient piteuse mine. L'ex-représentant Areh, notamment, avait perdu sa superbe, ayant bien craint la veille que sa dernière heure était arrivée. Certes, ces énergumènes étaient prisonniers de sa décurie, pensait Alexis, et méritent d'être jugés pour ethnocide et pour... tentatives répétées d'être les rois des cons. Cependant, cet Areh n'était qu'un exécutant zélé aux ordres des potentats, comme l'avait été le « président de la république » jusqu'au début des guerres civiles. Il n'était pas dans le secret des dieux, certes, mais il devait connaître beaucoup de choses pouvant intéresser le Grand Conseil de la Confédération. Il serait sans doute plus utile cuisiné que mort ; Alexis décida de remettre les prisonniers au général qui ferait suivre à qui de droit.

La centurie se mit en route. Dans le Hummer *Vatan*, une bannette était dépliée afin qu'Alice, couchée, ne fût pas trop secouée. Près d'elle, l'infirmière Rose, femme expérimentée, surveillait l'écran du moniteur, afin de s'assurer que tout allait bien pour sa patiente.

-Je suis impressionné par votre discipline et votre efficacité, dit Aurélien. Êtes-vous un corps de volontaires ?

-Plus maintenant, répondit Alexis. Au début des guerres civiles, et même lors des agressions de l'OTAN, il y avait des maquis pour résister à la fois au Monde Nouveau et aux bandes de barbares conquérantes. Puis, les premières menaces repoussées, nos communautés ont décidé que les jeunes gens, garçons et filles, auraient pour devoir de protéger les populations contre les tentatives réitérées des maîtres du Monde Nouveau de nous soumettre.

-C'est donc un service militaire ?

-Nous préférons dire « un service *d'ost* ». Nous sommes entraînés à la guerre, chaque garde conserve son équipement et ses armes chez lui. Hors des opérations de guerre, nous exerçons nos professions civiles, car nos communautés ne peuvent pas se priver longtemps de bras et de cerveaux. Mais nous pouvons être appelés à toute heure, pour l'exercice ou le combat.

Ariane, qui suivait la conversation tout en aidant Rose à s'occuper d'Alice, voulait en apprendre davantage :

-Vous avez aussi des officiers professionnels, tels le centurion Toussaint ou le général ?

-Bien sûr, la responsabilité d'une moyenne ou d'une grande unité nécessite un travail à plein temps. Les officiers sortent tous du rang par leurs mérites et sont formés en conséquence. Nous avons un État-Major de la Confédération et un Général en Chef.

-Quels sont les rapports entre la Confédération et les communautés ? demanda Ariane.

-La Confédération reçoit en délégation des communautés trois, et seulement trois, pouvoirs régaliens : la Défense, la Sûreté et la Diplomatie. Tout le reste est du ressort des Provinces et des Communautés.

-Comment cela se passe-t-il dans les faits ?

-Eh bien... Imagine un triangle rectangle. L'hypoténuse ne peut pas exister sans les deux autres côtés. Si le côté hauteur vaut 1 et le côté base 2, l'hypoténuse vaut racine de cinq. Si la hauteur reste 1 et la base devient 4, l'hypoténuse vaut quatre virgule douze. La vie politique des communautés est l'hypoténuse et nous nous sommes arrangés pour qu'elle soit la plus longue possible : base longue, hauteur n'excédant pas un quart de la base.

-C'est une politique pythagoricienne, conclut Ariane en riant.

-Ce n'est qu'une image ! La base du triangle est le régalien des communes, généralement électif, la hauteur celui de l'État confédéral, non électif. Ce triangle-là n'est pas d'or. Mais, rassure-toi, aucun géomètre n'est intervenu dans tout cela.

-Comment en êtes-vous arrivés là ? demanda Aurélien.

-Par pragmatisme ou empirisme populaire. En trente ans nous avons essayé spontanément, et en nous chamaillant beaucoup, plusieurs configurations et nous nous en sommes tenus à celle qui convenait le mieux à tout le monde. Au fond, ce n'est pas difficile, nous légalisons ce qui marche, la loi consacre un résultat empiriquement satisfaisant.

-En somme, conclut Ariane, vous vous confrontez toujours à la réalité et ne légiférez qu'en raison de celle-ci. Donc vous n'avez pas besoin des élucubrations de faiseurs de systèmes, ni de technocrates citadins légiférant comme des ânes le c... Oh ! Pardon ! ... le derrière sur une chaise.

-C'est très vrai. Tu demanderas à Martial ce qu'il pense des techno-vandales, il a une réserve inépuisable d'anecdotes. En tous cas, nos peuples vivent dans le monde réel et pas dans les Nuées utopiques. Ils se transmettent l'expérience du réel. Pour cette raison, Ariane, historiens et archéologues nous sont très nécessaires.

Le voyage se déroula sans surprise. Vers Argenton-Sur-Creuse, Rose décela une modification du signal sur le moniteur, en même temps qu'Alice poussa une petite exclamation de surprise. Le phénomène persistant, Rose demanda à Ariane de déplier le rideau de la bannette et examina Alice.

-Bon, dit-elle, on dirait bien que Bébé s'annonce. Décurion, peut-on joindre le docteur Arnaud ?

-Oui. Sanitaire, Sanitaire, d'Épervier, infirmière Rose demande doc Arnaud.

-Épervier de Sanitaire, ici Arnaud. Parlez, Rose.

-Contractions commencées. Dilatation faible pour l'instant.

-Nous sommes à moins d'une heure de Val-Aux-Blés. Laissez le travail se faire. Nous contactons le docteur

François. Dites au chauffeur de ne pas accélérer et d'éviter les cahots autant que possible. Terminé.

Alice supportait bravement et Ariane lui pulvérisait de temps en temps un peu d'eau fraîche sur le visage.

-Épervier à Léo45 et Milan : nous sortons par Milhac compte tenu de la situation démographique ! annonça Alexis, tout joyeux.

Le Hummer s'arrêta devant la clinique du docteur François où l'attendait une équipe d'infirmiers et une sage-femme.

-Attention, dit Alexis, elle porte encore un implant !

-Pas de problème, répondit la sage-femme : acupuncture à tous les étages, nous allons le lui enlever pendant le travail. Et par la même occasion, ajouta-t-elle en désignant Aurélien, ce godelureau-là sera désimplanté aussi. Ariane, vous serez prévenue lorsque le moufflet sera présentable !

Martial arriva, l'air jovial.

- Alors, les héros d'opérette, on repeuple ma commune ? Déjà qu'Estelle arrive en catimini dans le *Castillon*, voilà que vous me ramenez une famille en cours de finition ! Ah ! Chapeau, les artistes !

-Estelle ? Je n'étais pas au courant ! coassa Alexis.

-On dirait bien que Jean-Pierre l'était, lui, au courant. Enfin, ça fera une noce pour bientôt. En attendant, Ariane, nous allons loger tes poussins. La maison de la pauvre Eugénie est libre. Elle n'avait plus de famille, donc ses biens reviennent à la communauté. La maison est propre et devrait faire l'affaire. Si vous voulez, Isabelle et toi, vous pourriez y arranger deux-trois choses. Ah ! Au fait, Ariane ! Félicitations, et honneur à toi pour ta conduite ces jours-ci !

Et il lui fit claquer sans façons deux bises sur les joues.

En arrivant chez Isabelle, Ariane fut accueillie avec force ronrons et cajoleries de Bastet. À-peine eut elle posé son sac qu'Isabelle l'appela.

-Eh bien, ma belle ! On m'a dit que tu as bien gagné tes galons !

-Oh, je n'ai fait qu'organiser un peu la récupération des Naturels, rien d'héroïque !

-Taratata ! Les nouvelles vont vite ! Il paraît que tu as fait jouer une pantomime pour obliger les récalcitrants à vous suivre. Et puis, entre nous, vous avez bien fait de laisser les bourgeois, les tabanards et les gauchistes se débrouiller avec les zigomards qu'ils ont fait venir ! Nous n'avons pas besoin de ça chez nous pour nous empoisonner l'existence.

-C'est juste. Mais j'ai ramené deux de mes anciens étudiants mariés. En ce moment, la jeune dame est en travail à la clinique.

-Sapristi ! Mais c'est merveilleux ! Allez, raconte-moi toute cette expédition !

Et Ariane raconta.

XIX

-Madame Ariane ! Madame Ariane ! Le bébé est là !

Les piaillements de l'écolier avaient réveillé Bastet en même temps qu'Ariane.

-Pas « madame », je ne suis encore qu'une demoiselle !

-Une vraie ?

La question fit le tour de la tête d'Ariane qui éclata de rire : -Une vraie. Garantie ! Mais appelle-moi simplement Ariane. Merci du renseignement, petit… ?

-Thierry. Je suis dans la classe du Gustou.

-Merci, Thierry, je vais aller voir ce bébé tout-à-l'heure.

Le mioche partit en galopant vers l'école. Isabelle, qui avait entendu, expliqua que dans les communautés une naissance était une fête pour tout le monde.

-L'usage veut que l'on apporte un présent au nouveau-né : objet, linge ou grosse pièce de monnaie. À la maman, on apporte souvent des fleurs. Je vais cueillir des roses au jardin.

Ariane fouilla dans son bagage pour en sortir un petit coffret contenant d'authentiques pièces de monnaie très anciennes et choisit un *Constantin IX* byzantin en or pur. Isabelle compléta l'offrande d'une grenouillère blanche à col de Pierrot.

Aurélien les fit entrer dans la chambre où les accueillit une Alice resplendissante. Près d'elle, un berceau dans lequel un petit garçon tout neuf et tout rose s'essayait à agiter bras et jambes.

-Nous l'appelons Denis, dit Alice. Ariane, je te présente ton filleul, car, bien sûr, tu seras sa marraine !

-Avec joie ! Bienvenue, petit Denis, dans un monde plus serein que nous ne l'avons connu !

-J'espère, dit Aurélien, qu'Alexis acceptera d'être son parrain.

L'on échangea les tendres banalités proférées pour la circonstance. Une infirmière entra.

-Ce petit doit commencer à avoir faim. Voyons s'il sait téter.

Le bébé léchouilla un peu le mamelon, puis y colla sa bouche comme une ventouse à la surprise un peu douloureuse d'Alice qui fit une petite grimace.

Ariane regardait, émerveillée. Elle se souvint de l'aphorisme d'un philosophe : « *un brin d'herbe, pour croître, a besoin de la collaboration de la Nature tout entière.* » Ce que je vois en ce moment, se disait la jeune femme, répond à une nécessité cosmique. La nécessité humaine fera de cet enfant né dépendant et inégal un Homme libre et autonome. Bénis soient ces jeunes parents qui ont refusé d'obéir aux déments qui se prennent pour le Démiurge ! Heureux soient tes parents, petit Denis, qui ont si bien exaucé le vœu de la

Nature ! Heureux sois-tu, petit enfant, fils des Hommes, rejeton de Dieu !

Ce court instant de communion lyrique à l'Antique avait transfiguré Ariane qui, au fond de son être, décida : « *Je serai mère !* ». Alice et Isabelle, qui n'avaient rien perdu de la scène, sourirent d'un air entendu.

L'après-midi, Ariane accompagna Aurélien à la mairie pour déclarer la naissance de Denis. La secrétaire les reçut, et bientôt parut Martial.

-Ah ! Voici notre gaillard venu faire enregistrer son exploit ! Bon, Nadette, dit-il à la secrétaire, c'est moi qui écris sur le registre et toi qui enregistres sur la bricole. Nous allons donc ce jour premier de juin de l'an de grâce deux mille cinquante-deux prendre acte de la naissance d'un enfant de sexe masculin prénommé… ?

- Denis…

-Denis, et quel autre prénom ? Il en faut deux pour éviter les doublons.

-Heu… Maxime… Je sais qu'Alice sera d'accord.

-Denis, Maxime, né de Aurélien…

-Duchesne.

-Aurélien Duchesne, son père, et de Alice…

-De Jonquère.

-Alice de Jonquère, sa mère. Je suppose que vous avez une profession ?

-Archéologues tous deux, répondit Ariane à la place d'Aurélien.

-Bien, dit Martial, enregistrons pour la véracité de l'acte les témoignages du médecin et de la sage-femme...Signé l'officier d'État-Civil de la commune de Val-Aux-Blés...gnia...gnia...Un coup de tampon et cochon qui s'en dédit ! Bon, allons arroser-ça chez la Mère Tapedur !

Chemin faisant, Martial expliqua que « Tapedur » était le nom générique de tous les propriétaires ou tenanciers de bars-tabacs-journaux. Ils furent accueillis par Ginette, la patronne, qui savait déjà tout d'Alice et Aurélien. Ils s'assirent devant de grandes choppes de cidre. Martial les regarda d'un air faussement inquisiteur : « -Bon... Et alors ? »

-Vous avez donc des noms de famille, et pas seulement des prénoms, dit Ariane.

-Encore heureux ! C'est cela qui nous permet de nous reconnaître, parce qu'entre dix Aurélien et quinze Alice, une chatte n'y retrouverait pas ses petits ! Simplement, pour nous, le prénom du Saint-Patron compte en premier. Même des fois... Aurélien, comment s'appelle ta mère ?

-Elle s'appelait Sylvie, et mon père Baptiste.

-Eh bien, on pourrait t'appeler « Aurélien de Sylvie » ou « Aurélien de Baptiste » si tes parents étaient du village.

-À la Bulle, dit Aurélien, seul comptait le « QR-Code » qui nous identifiait, nous n'avions ni père, ni mère, mais un « parent 1 » et un « parent 2 ».

-Quelle bande de cons ! tonna Martial. Un enfant naît d'un homme et d'une femme, donc d'un père et d'une mère. Les néo-mondialistes sont tarés. Je parierais qu'il devait y avoir des énergumènes se prenant pour des perruches transsexuelles et des artichauts non-genrés !

-Ce n'est pas faux ! dit Ariane prise de fou rire.

-Ouais, gronda Martial. Chez-nous le mariage est l'union d'un homme et d'une femme, c'est gravé dans le marbre depuis des millénaires et ceux qui ont essayé de nous faire changer d'avis ont pris des marmules façon maçon sur la tronche !

Le franc-parler et la verve colorée de Martial, l'ancien guérillero, stupéfiaient Aurélien qui naguère, maugré plutôt que bon-gré devait se plier aux circonlocutions hypocrites de la correction politique. Ariane, elle, était enchantée.

-Chez nous, reprit Martial, sodomites et gomorrhéens sont soignés, pas mariés. Enfin... Nous essayons de les soigner. Mais tant qu'ils ne troublent pas l'ordre public, soit par exhibition, soit par prosélytisme, nous leur fichons la paix. Quant aux moufflets qui ne se sentent pas bien qui dans son caleçon, qui dans sa petite culotte, nous leur appliquons l'électrochoc du pauvre.

-Qui consiste à... ? interrogea malicieusement Ariane.

-À donner à l'indécis un magistral coup de pied au cul, traitement prolongé jusqu'à ce que guérison s'ensuive ! Non mais ! Vous vous rendez compte ? Ils ont perverti la médecine en fabriquant des travestis et des monstres ! Si des toubibs faisaient ça chez nous, ils seraient pendus haut et court !

-La peine capitale ?

-Exact. Ce châtiment est prévu en cas de haute trahison, intelligence avec l'ennemi, crimes inexcusables, dont la pédophilie, et atteinte à l'espèce humaine. Il faut être cohérent : la médecine est faite pour soigner les humains, pas pour les transformer. Essayer de transformer l'Homme est un crime contre l'ordre du Cosmos, l'hubris, et cela couvre toute tentative de dénaturation de notre espèce, y compris par des biotechnologies.

- Mais si ces techniques servent à réparer ?

-Là, c'est licite. Chercher à tracer ou « augmenter », c'est criminel.

-Tout cela est très cohérent, dit Ariane. Le Monde Nouveau était un radeau à la dérive et ne produisait plus que des esclaves abrutis.

Ils bavardèrent tard dans l'après-midi, en apprenant beaucoup sur les lois des communautés, notamment l'obligation de soumettre à référendum tout projet visant à modifier l'une ou l'autre des Lois Fondamentales.

Lorsqu'Ariane et Aurélien retournèrent à la chambre d'Alice, Isabelle s'écria :

-Cet animal de Martial les aura traînés chez Tapedur. Enfin... Ils auront appris quelque chose de la vie du pays. Je me doute bien que toi, Ariane, n'es pas très surprise ?

-En effet. Cela correspond à ce dont rêvaient mes parents et faisait partie de mes vœux, un monde où les hommes ont les pieds sur terre, savent composer avec la nécessité naturelle et acceptent d'être ce qu'ils sont.

Le soir tombait lorsque Bastet les accueillit devant la maison.

XX

« En 451 les Huns d'Attila ont été vaincus par Ætius aidé de Théodoric près de Châlons-en-Champagne, aux Champs Cacalauniques ». La classe éclata de rire, et le petit Gilbert, qui avait bien appris sa leçon, s'en trouva tout bête.

-Non, Gilbert, corrigea Ariane, ce sont les champs CaTAlauniques. Répète !

Le gamin répéta avec application : « Les Champs Catá-launiques ». Parce qu'il avait bien appris sa leçon, Ariane lui donna un bon point. La jeune femme, soucieuse de s'intégrer à la communauté, avait proposé d'enseigner l'Histoire de France aux écoliers et aux collégiens. Elle avait pour l'occasion laissé le treillis pour la jupe, le chemisier et la blouse un peu austère de la maîtresse d'école. Cette activité lui laissait du temps libre qu'elle partageait entre son filleul, le potager d'Isabelle, l'entraînement au tir, le décryptage du N644 et divers menus services.

Le vieux Léonard, voisin d'Alice et Aurélien, dormait mal et on lui prescrivit un somnifère. Ariane se proposa pour aller quérir le remède chez l'apothicaire. Habituée à recevoir des médications douteuses venues des Magasins Généraux, elle était curieuse de connaître les remèdes authentiques et leur préparation. En entrant dans l'officine, elle fut envahie du mélange de mille et une senteurs provenant de bouquets de simples. L'apothicaire, petit homme entre deux âges vêtu d'une blouse blanche, lut l'ordonnance.

-Infusion de valériane. Bon, le père Léonard ne souffre pas du foie, alors ça ira. Trois grammes de racine séchée par soir pendant un mois ; je vais lui préparer cent grammes en dosettes.

Il pesa cent grammes de racines sèches broyées qu'il introduisit dans une machine doseuse. Trois grammes par dosette en papier-filtre.

-Voilà. Alors, posologie : infuser la dosette dans quinze centilitres d'eau bouillante. Au pif, ça fera deux de ses tasses à « p'tit noir su'l'zinc » comme il dit, mais attention : pas de gnôle avec, dites-le-lui bien. Il prendra cette tisane une demi-heure avant de se coucher.

Voyant l'intérêt qu'Ariane avait montré durant la préparation et parce qu'il avait envie de bavarder, l'apothicaire lui détailla les simples. La jeune femme lui demanda si toute la pharmacopée était basée sur l'herboristerie.

-Non, bien sûr, mais c'est une composante essentielle ; nous avons des produits animaux et puis des produits de laboratoire. Mais bien contrôlés ! Nous n'avons pas de big-pharma pour empoisonner les gens avec des molécules bricolées à la va-vite et sans se soucier des effets secondaires nocifs. Nous connaissons la composition moléculaire des principes actifs utilisés avec succès depuis des millénaires, par exemple la quinine du quinquina, la salicine du saule...

-J'ai vu de la valériane dans beaucoup de jardins, dit Ariane, et aussi de l'armoise...

- En effet. L'armoise annuelle, *Artemisia annua*, a d'incontestables propriétés antivirales.

-Mes parents me disaient qu'au moment d'une épidémie virale, vers 2020-2022, il était interdit d'en parler comme on vilipendait avec rage l'hydroxy-chloroquine, se souvint Ariane.

-Oui, et pourtant les deux réduisent la charge virale en début d'infection. Mais cela ne faisait pas l'affaire des scélérats du big-pharma qui vendaient des molécules inefficaces à des prix exorbitants, ainsi que de douteux vaccins potentiellement dangereux. Le Monde Nouveau naissait, avec ses tyrannies, à commencer par celle des Diafoirus. Ils ont couvert d'opprobre un grand savant du nom de Raoult qui recommandait sagement de repositionner les molécules déjà connues. Nous autres suivons ses conseils, ce qui n'empêche pas la recherche.

-Je connais des tablettes sumériennes datant du vingt-deuxième siècle avant notre ère, précisa Ariane, qui indiquent comment les Anciens préparaient les médicaments.

-Ah ! fit l'apothicaire visiblement passionné, j'espère que nous en reparlerons.

Dans son terrier humide et obscur, Enaid aurait apprécié le secours de quelque thériaque, car sa blessure avait pris un vilain aspect et l'os tardait à se ressouder. Néanmoins il survivait, taraudé par son ressentiment et son désir d'éliminer cette Ariane qui avait osé désobéir aux Lois du Monde Nouveau. Monde dont il n'avait par ailleurs aucune nouvelle et qui semblait se soucier de lui comme d'une guigne. Ne pouvant s'aventurer hors du refuge, sa survie ne tenait qu'à l'assistance d'Apophis. La chimère se glissait entre rochers et halliers pour dérober quelques grains et tubercules dans de petits enclos vivriers. Enaid devait avaler ces végétaux tout crus, et son tube digestif de métrosexuel protestait de toutes les manières.

Malgré les précautions prises, les larcins d'Apophis finirent par se voir. Précisément, un après-midi, revenant du stand de tir Alexis et Ariane passèrent devant un petit champ de blé appartenant à Baptiste. Celui-ci, l'air perplexe, leur montra un endroit où le blé pas encore mûr avait été coupé au ras des épis. La surface vandalisée était petite mais aurait dû porter environ quatre kilos de grain. Alexis examina les tiges restantes.

-Je ne pense pas que le malfaiteur ait utilisé un couteau, on dirait que les épis ont été sectionnés avec les ongles… ou les dents. Quelque herbivore ou…

Il scruta le sol mais ne découvrit aucune empreinte à proximité ; mais au-delà de la clôture, en un point où la terre était plus meuble, il trouva la trace d'une pointure 46. Soucieux, il revint vers ses amis :

-Traces de la chimère ! Cette saleté n'est sans doute pas loin. Ariane, ne te déplace jamais seule et conserve ton arme sur toi. Je vais faire un rapport à Martial.

Plusieurs battues furent organisées en vain. Les habitants de Val-Au-Blé ont le cœur bien trempé, cependant d'aucuns s'inquiétaient : et si le monstre s'en prenait à Ariane ? Chacun surveilla sa récolte, et les rapines allèrent diminuant. À la mi-juin, la décurie Épervier dut intervenir à quarante kilomètres plus au sud contre des bandes de pillards s'en prenant aux récoltes et aux troupeaux. Ces énergumènes composaient une troupe hétéroclite semblable à celles de l'arrondissement Assa, renforcée par les habituels vandales d'extrême-gauche, et n'hésitant pas à tuer les fermiers s'opposant à leurs rapines. La centurie « Gartempe » régla l'affaire en une semaine, l'adversaire étant peu armé et pas du tout commandé, et quelques meneurs furent pendus pour l'exemple. Ariane n'avait pas participé à cette campagne, mais elle en parla avec Martial.

-Tout cela remonte à presque un siècle expliqua Martial. Le patronat d'alors avait besoin de main-d'œuvre émigrée ; en 1973, chantage des pays producteurs, crise du pétrole : il fallait bloquer le flux migratoire, mais un crétin de premier ministre avait persuadé le président d'accorder aux émigrés le « regroupement familial ». Il était trop tard, on avait mis le doigt dans l'engrenage.

-Mes parents m'ont expliqué que tout s'est aggravé sous le socialisme : d'un côté des lois très favorables aux migrants, de l'autre des lois réprimant toute critique de l'immigration.

-Oui, continua Martial, ce fut pire après le traité de Maastricht. J'étais encore jeune, sous Hollande, lorsque la chancelière des Boches a ouvert les portes à une invasion massive venue par la Turquie et la

Méditerranée. C'est là que nous vîmes le caractère nocif des idées « progressistes »...

-Que je connais par la propagande de la Bulle, dit Ariane. Cela a entraîné le délitement complet de la société, la destruction de toutes les élites, l'installation de la fainéantise, du ressentiment et de la haine du pays.

-Exact ; avec en sus les âneries et délires des pervers, nous avions un mélange corrosif condamnant non seulement les Blancs, mais à terme le Monde Nouveau à la décadence et à la disparition. Le cataclysme cosmique a scellé le processus.

-Donc, conclut Ariane, ces pillards sont les rescapés des villes qui, n'ayant plus d'assistance, en sont réduits à voler pour survivre. Il ne leur viendrait pas à l'idée de travailler.

-C'est cela. Nous les tiendrons en lisière le temps que leur fainéantise les décime par la faim, ou qu'ils soient soudain touchés par la grâce du Travail, ce qui m'étonnerait, mais tout est possible !

Ariane avait depuis longtemps saisi l'hypocrisie de la moraline « progressiste » : maintenu en état de sujétion par ceux-là même qui prétendaient le défendre, l'étranger était par eux interdit de s'assimiler à une civilisation millénaire et devait rester une victime quérulente. C'était vraiment diabolique.

En rentrant chez elle, elle ne remarqua pas que les photos de ses parents avaient été déplacées. Bastet faisait mine de rien.

XXI

-Et vous voyez, le rapport β/δ ne figure pas sur la tablette ; je pense que c'est parce que la division impliquée ne permet pas de calculer une valeur exacte.

Ariane tenait la tablette et montrait les valeurs de β et δ aux jeunes parents qui se replongeaient ainsi dans le monde mésopotamien.

-Mon hypothèse est que cette information est séparée en trois nombres exacts : un carré, utilisé comme indicateur, et des valeurs arrondies que je note b pour β en colonne 3 et d pour δ en colonne 4. Comme cela, l'utilisateur dispose d'emblée des éléments pour faire sa propre approximation du rapport.

Alice et Aurélien suivaient attentivement la démonstration.

-Si je me réfère à d'autres tablettes, continua Ariane, b et d sont les « *ib_si* » de la largeur et de la diagonale du rectangle ou, dans le triangle, de la hauteur et de l'hypoténuse. Dans ce cas, je peux connaître la longueur L de la base par $d^2 - b^2 = L^2$. Vous me suivez ?

-Mais, demanda Alice, quel est le rapport de d, b, L avec la colonne du Takiltum ?

-Le calcul montre qu'à chaque ligne n on établit les relations $\delta_n^2 = \left(\frac{d_n}{L_n}\right)^2$ et $\beta_n^2 = \left(\frac{b_n}{L_n}\right)^2$. Nous pourrons, la prochaine fois, le vérifier à l'aide du tableur.

Le jeune Denis réclamant le sein à cor et à cris, il fallait libérer Alice. Dûment rassasié puis cajolé par sa marraine, le petit s'endormit. Ariane déballa une dizaine de copies de tablettes prises dans les malles de sa mère.

-Ces tablettes babyloniennes traitent des procédés employés par les apothicaires pour préparer les médications. Elles n'ont pas encore été traduites et j'aimerais que vous vous chargiez de cette tâche, cela vous remettra dans le bain, et si vous étiez intéressés, vous auriez là de bons éléments pour vos thèses respectives.

Ayant parcouru quelques lignes, Aurélien objecta qu'il pourrait y avoir un mélange de divination, de magie et de pharmacopée. Ariane en convint.

-Toutefois, à moins que vous ne choisissiez de traiter de l'art de soigner pris dans son ensemble, vous pourriez n'étudier que l'art des apothicaires, voire des remèdes de bonne-femme, et la façon d'administrer les médicaments.

-C'est à envisager, dit Alice. Pour nous, je pense que la difficulté sera de retrouver les noms modernes des simples, par exemple. Avons-nous un glossaire ?

-Eh bien... En Irak, la médecine traditionnelle utilise encore ces simples pour des traitements précis. Il faudra faire un travail de détectives pour passer du sumérien à l'arabe, au kurde, peut-être au farsi, au turc, à l'arménien, voire à l'araméen. Pour ces langues, il existe des glossaires. Vous pourrez compter, je crois, sur l'apothicaire de Val-Aux-Blés pour associer les plantes aux traitements. Quant aux glossaires, la Province doit bien en posséder.

Les deux jeunes gens, les yeux brillants, acceptèrent le défi.

Pendant ce temps, Alexis lisait sur l'écran du photoscripteur la réponse qu'il attendait : « Плесéцк- de Michel à Alexis- Photos correspondent exactement à deux personnes rencontrées à Saint-Pétersbourg. Homme physicien à Phystech, Moscou, femme a créé labo archéologie moyen-orientale à Université Moscou. Tous deux connus favorablement des Russes et de diaspora française. Je cherche à les joindre. Bises à ma mère. Fraternellement. Michel. »

Alexis était heureux de la nouvelle et espérait bien offrir à Ariane la plus grande joie de sa vie, mais pour le moment il fallait rester prudent, donc garder sa langue. Et... Hum... essayer de savoir quelles vertus Ariane attend d'un homme. Isabelle pourrait-elle l'aider dans cette quête ? Lui demander en lui apportant le salut de Michel.

En entrant dans la classe de quatrième, Ariane fut surprise de trouver les élèves debout, dans un silence respectueux. Elle appréciait l'uniforme qu'ils portaient : chemise ou chemisier bleu orné d'un écusson « IVe », pantalon ou jupe gris, chaussures de cuir noir pour tous, mais avec un talon légèrement rehaussé pour les filles. Tous avaient l'air sérieux et attentifs. Elle les fit asseoir.

-Nous avons deux semaines avant les vacances, et je vous parlerai de cette période de notre histoire qui a duré presque mille ans, de la chute de l'Empire Romain d'Occident, en 476, au quinzième siècle. Qui fut le premier roi des Francs ?

Des doigts se levèrent. « -Clovis, Madame ! ». Et tous citèrent François Premier comme roi représentatif de la Renaissance.

-Parfait ! Je vais vous montrer plusieurs aspects de cette très longue période, de l'organisation des barbares à la construction progressive du Royaume de France. Nous verrons qu'avant la Renaissance, le pays en a connu deux autres, la première sous Charlemagne, la seconde au XIIe Siècle. Nous étudierons le pacte féodal, les Croisades, beaucoup de faits culturels comme la vie des campagnes, la naissance des villes, les romans courtois, la philosophie. Nous allons survoler tout ça, puisque nous approfondirons en classe de troisième…

En rentrant chez elle, fort satisfaite de l'attention de ses élèves, Ariane accompagnée de Bastet vint à la cuisine d'Isabelle, afin d'aider à la préparation du repas du soir. Comme les deux femmes s'affairaient, Isabelle posa des questions en apparence anodines.

-Que penses-tu des femmes de chez-nous, Ariane ?

-Je ne suis ici que depuis trop peu de temps pour me faire une conviction solide, mais je constate un contraste étonnant et réconfortant entre elles et certaines créatures désaxées que nous connaissions à la Bulle. Je pense qu'Estelle sera de mon avis.

-Ces femmes du Monde Nouveau, comment étaient-elles ?

-Celles qui se faisaient remarquer dans les médias officiels et les manifestations étaient -sont- un mélange de *Femmes savantes* et de *Précieuses ridicules*, quérulentes, pleines de ressentiment absurde. Elles transformaient -et transforment encore, je suppose- une sujétion fantasmée en méchanceté hystérique à l'encontre des hommes, tellement qu'elles finirent par constituer des cénacles stériles, refusant toute féminité et bafouant la réalité de leur nature.

-Diantre ! fit Isabelle, je suppose que les hommes ne devaient pas être à la noce ?

-Oh ! Tout était fait pour déviriliser les hommes ! Non seulement dès l'école, mais aussi, malheureusement, au sein des familles fragilisées et recomposables à merci. La société des bobos ne connaissait que des mollusques imberbes et épilés que l'on appelle « métrosexuels ». Les garçons restés virils en dépit des conditionnements sociaux sont devenus en majorité misogynes, et cela se comprend. En fait, à part eux, il n'y avait d'autres mâles que dans les communautés barbares, là où la galanterie était inconnue : ils dominaient et prenaient.

-Je comprends que tu aies parlé de contraste avec les gens de nos communautés !

-Ce sont deux mondes différents, je ne peux pas dire « opposés ». Je vois ici des femmes courageuses, âpres à la tâche, sachant parfaitement le rôle que leur assigne l'ordre naturel et qu'elles exercent dans la continuité généalogique, familiale, voire nationale. Et cela avec une sorte de jubilation naturelle et modérée, car elles reconnaissent que si la poule sait que le soleil est levé, elle laisse au coq le soin de l'annoncer !

-Et selon toi, qu'attendons-nous des hommes ?

-Qu'ils soient *consistants*. Rien de faible, surtout pas de défaillance qui chercherait à se justifier par des blablas ; cela, je suppose, vous ne le toléreriez pas. Je crois que ce que vous voulez, c'est ce qu'impose l'ordre de la Création, que chacun des sexes ne déroge jamais à sa condition naturelle, quelle que soit la configuration pragmatique acceptée par la société.

-C'est la première fois que j'entends exprimer tout haut, et avec des mots exacts, ce que nous ressentons toutes ici, dit Isabelle. Et toi-même, qu'attends-tu d'un homme ?

-Qu'il soit viril, donc courageux, responsable, protecteur du foyer et de la famille. Je ne veux ni d'un tyran domestique ni d'un fémelin esclave. Ce n'est pas aux hommes de se substituer aux femmes, pas de laveur de vaisselle frénétique ni de papa-poule ! C'est à nous de prendre soin des petits, c'est à eux de leur transmettre les vertus qui font survivre notre espèce.

Mais tout de même... qu'il satisfasse la monoandrie propre à notre sexe et muselle la polygamie inhérente au sien. La fidélité, quoi. Et que de mon côté je l'assiste en complémentarité parfaite sans n'être jamais ni inférieure ni geignarde, ni quérulente ni harassante.

-Je crois bien que tu es digne d'être une femme de chez nous, conclut Isabelle. Il te reste à trouver l'autre partie de l'aimant !

-J'ai déjà une vague idée, dit Ariane en souriant.

Isabelle fut très satisfaite de ce qu'elle venait d'entendre et pensa qu'Alexis ne pourrait qu'être heureux de l'apprendre.

XXII

Les vacances scolaires arrivées, Ariane bien qu'elle fît mille choses, se sentait un peu désœuvrée. Pour l'heure, elle comptait les pièces de monnaie d'or et d'argent qu'elle avait reçues pour salaire de ses leçons d'histoire. Les Communautés ne payaient qu'en or ou en argent : « l'assignat et toute monnaie de paperasse, la planche à billet et l'ordinateur font invariablement de la monnaie de singe », répétait Martial à l'envi. Ariane jugeait ce rejet fort sage : l'escroquerie des descendants de Laws comparée à la stabilité séculaire du Franc Germinal le justifiait. Du reste, disait Martial, l'or ne manquait pas dans la région si l'on voulait se donner la peine d'aller le chercher.

-« La boulangère a des écus/Et moi je n'en ai guère » chantonna une voix qu'Ariane reconnut. Estelle entra dans le salon, toute pimpante. Les deux jeunes femmes s'embrassèrent avec chaleur, puis bavardèrent de choses et autres, jusqu'à ce qu'Estelle devienne grave.

-Ariane, je voudrais te demander un honneur !

- Ah ! Si je puis faire quelque chose pour toi, je le ferai bien volontiers.

-Voilà : Jean-Pierre et moi allons nous marier à la mi-août...

-Bastet appréciera la date, plaisanta Ariane. Voilà qui est merveilleux ! Félicitations, ma belle !

-Acceptes-tu d'être mon témoin ?

Ariane accepta avec grand plaisir. Alexis serait le témoin de Jean-Pierre. « -Ma foi, sourit Ariane, il me sera un cavalier fort présentable ! »

-Tiens ! Tiens ! N'y aurait-il pas quelque petit béguin, des fois ?

-Oh ! N'allons pas trop vite en besogne !

Elles parlèrent de l'organisation de la noce. Les enfants d'honneur seraient la petite Claudine de Suzette, et Gustou. Un peu plus tard, les deux amies passèrent inviter Alice et le petit Denis à les accompagner dans une promenade aux champs. La fenaison était finie, les céréales commençaient à mûrir. Ariane et Alice notèrent la belle ordonnance du bocage, prés et parcelles enclos par des haies vives. René, passant par-là, leur expliqua cette disposition.

-Nous avons tout refait. Il y a quatre-vingts ans, d'après l'ancien cadastre, les propriétés, trente hectares en moyenne, étaient morcelées, mais ça allait. Bon, voilà que les technocrates, fous comme des lapins, décident le remembrement sous couvert de mécanisation. Ça a fait un foin pas possible, n'empêche : les parcelles ont été regroupées et les haies ratiboisées.

-Cela a dû tout bouleverser, dit Alice.

-Et pas qu'un peu ! D'abord l'eau s'est mise à ruisseler, puisque plus rien ne la retenait. Donc les sources ont baissé. Mais le pire ce sont les grosses charrues. La couche arable n'est pas très épaisse, alors les tufs stériles sont remontés. Total : des engrais azotés en pagaille pour faire rendre dix-huit quintaux de blé à une terre faite pour en produire dix. La terre en crevait.

- Au lieu d'adapter l'outil au terroir, dit Ariane, on a adapté le terroir à l'outil. Comportement magique et stupide !

-Et comment ! À partir des guerres civiles, nous avons replanté le bocage et fabriqué des machines plus petites et adaptées au terroir : motoculteurs, petits tracteurs, charrues légères. En plus, le nouveau bocage nous a fourni des bons coins pour tendre des embuscades. Bref, tout va mieux et la terre produit raisonnablement.

Ariane nota qu'un panache de vapeur blanche venait de s'échapper d'une anfractuosité. Elle supposait que c'était une source chaude, mais Estelle expliqua que l'on venait de redémarrer la minicentrale électrique. Souterraine ? Eh oui, répondit René.

-Nous avons des centrales hydrauliques le long des cours d'eau, mais celle-ci est actionnée par un réacteur atomique comme ceux des sous-marins. Il y en a des centaines dans la Confédération. Mais pas en surface, l'ennemi les aurait bombardées, tu imagines les dégâts ! Celle-ci est dans une ancienne mine d'uranium, et la vapeur vient du condenseur. Les lignes électriques sont aussi enterrées, sauf en certains endroits.

Dans leur tanière, les deux abominables n'appréciaient pas du tout cette ruse technique : une faille importune dérivait une partie de la vapeur exactement dans la cachette, la transformant en sauna.

Enaid suait, toussait, protestait. En vain. Plus stoïque, gardant son sang-froid reptilien, Apophis lui remontra que puisque jusqu'ici ils n'avaient pas été découverts, il n'était pas question de courir le risque d'être faits aux pattes en cherchant un autre refuge. Un peu de patience ! Enaid allait bientôt retrouver l'usage de son épaule et lui-même voyait son bras gauche presque reformé. La mission avant tout !

Vint la Fête des Moissons, par un chaud dimanche de la mi-juillet. Les rues furent pavoisées de guirlandes et de bouquets, les silos à grains récurés, les petites moissonneuses-batteuses repimpées et rassemblées sur une esplanade. L'on célébra une messe, puis le curé sortit avec les enfants de chœur et tout le monde, athées compris, suivit en procession vers une éminence d'où l'on embrassait, en tous points de l'horizon, les terres de la Communauté.

-Rendons grâce au Seigneur de la beauté de Sa création et remercions-Le d'avoir permis que les blés poussent dru cette année. Seigneur, vois tes enfants porter devant Toi le produit de leur labeur qui nourrira une fois encore cette Communauté. Et vous, mes frères au grand mérite, paysans, courageux travailleurs de la terre, soyez bénis pour vos efforts in nomine Patri et Filii et Spiriti Sancti.

« Amen » répondit la foule alors que le prêtre bénissait les champs. L'on revint au village pour le défilé des corporations. Chaque corps de métier était représenté par le maître de corporation flanqué de deux compagnons portant les insignes de l'art, souvent des outils. Ariane apprit qu'une corporation constituait une fraternité où l'on rentrait dès l'apprentissage, tout à la fois entraide, mutuelle de santé, caisse de retraite, cour de justice prudhommale. Chaque membre avait voix au chapitre, ce qui en faisait un modèle d'organisation du travail dans les communautés.

Suivit, tiré par de jeunes gens en habits champêtres, le char de la Déesse des Moissons. Juchée tout en haut, Cérès, incarnée par une jeune fille ceinte d'une couronne de céréales, saluait la foule. Lorsque le char parvint à l'esplanade où l'on avait dressé le couvert sur des tréteaux, Martial donna le signal des agapes. On avait rallumé pour l'occasion d'antiques fours à pain restaurés pour cuire pâtés, clafoutis et tartes. L'on se mit à table pour un banquet pantagruélique dont le perchoir, le clapier et le saloir avaient eu à pâtir. Les gens de la communauté communièrent sous toutes les espèces avec le terroir nourricier. Aux desserts, un orchestre, quatuor à cordes, prit place sur une estrade.

Cérès ouvrit le bal avec un jeune Pan aux accents de la *Valse Française* de Waldteufel : par tradition, ce couple dansait seul à l'ouverture. Ariane confia à Isabelle qu'elle adorait la valse.

-Les valses clôtureront le bal dans deux heures, répondit Isabelle, avant, marche, paso-doble, mazurka, polka, tango feront tourbillonner la jeunesse. Mais si tu veux danser la valse, tu dois t'apprêter, car une tenue de cérémonie est exigée !

Isabelle en avait un peu rajouté, mais elle avait son idée. Voilà donc Ariane partie, la voilà revenue vêtue d'une robe longue couleur champagne, de coupe exquise. Sa chevelure arrangée en chignon haut était ceinte d'un diadème antique. Elle paraissait si divine que, lorsque l'on annonça les valses, Alexis s'approcha :

-Ariane, m'accorderas-tu la première valse ?

-Volontiers, monsieur le décurion !

Dès le premier mouvement de la *Valse numéro deux* de Chostakovitch, leurs pas s'accordèrent si merveilleusement que les autres danseurs s'arrêtèrent pour les regarder virevolter tandis que les spectateurs demeuraient fascinés. Seuls sur la piste, Ariane et Alexis enchaînèrent les figures avec une grâce sublime. Au second mouvement, tout le monde s'y mit. Lorsque l'orchestre se tut, Alexis remercia Ariane en s'inclinant ; elle répondit par une révérence pleine de grâce. Isabelle était contente de sa petite ruse.

-Ces deux-là sont faits l'un pour l'autre, commenta Martial. Parions qu'avant peu il y aura du mariage dans l'air !

-Ce serait pain bénit, renchérit Isabelle, ils sont si beaux, tous deux !

XXIII

Apophis avait fini par comprendre qu'Enaid, dont la blessure était presque guérie, avait besoin de grand air. La vapeur d'eau à laquelle la chimère était indifférente ne convenait pas du tout au transhumain. Il avait donc conseillé à Enaid de ne pas trop s'éloigner de la cachette et de ne pas se faire remarquer. Une route séparait l'éboulis d'un petit champ fraîchement moissonné où se trouvaient, épars, quelques épis négligés par la machine. Enaid résolut d'en faire provision. Occupé à cette besogne, il ne vit pas qu'un petit garçon l'observait, embusqué dans un taillis.

Le petit Auguste, dit « Gustou », savait d'instinct se rendre invisible, ce qui lui permit de bien examiner cet étrange énergumène, dépenaillé et inconnu au village. Il glane, pensa-t-il, alors soit c'est un pégreleux, soit un type qui se planque et bouffe n'importe quoi. Méfiance ! Le gamin retenait son souffle et évitait de bouger.

Ayant rempli sa besace, Enaid franchit la route pour s'enfoncer dans la broussaille. Gustou le suivit des yeux jusqu'à ce qu'il disparaisse dans l'entrelacs des ronces et du lierre. « Il se planque dans l'éboulis » conclut Gustou. Il résolut d'aller en parler au village, des fois que...

Ariane continuait le décodage du N644. Les valeurs b, d, l, δ^2 et β^2 calculées au moyen du tableur, ainsi que celles du *Takiltum*, permettaient de trouver β^2 avec une précision d'un millionième, ce qui était impressionnant.

Treize lignes de la tablette, sur les quinze, étaient vérifiées ; Ariane pouvait en conclure que son hypothèse relative au *Takiltum* était correcte, les deux lignes fautives pouvant être dues à des erreurs de transcription. Elle fit part de sa trouvaille à Alexis, qui examina longuement les résultats.

-Je remarque, dit-il, que les valeurs de L peuvent s'exprimer sous forme d'un produit des trois premiers nombres premiers, 2^a x 3^b x 5^c, sauf pour la ligne trois. Au hasard dans le tableau : $120 = 2^3$ x 3^1 x 5^1.

-Très juste ! jubilait Ariane, ce sont des nombres que l'on disait « réguliers ». Voilà qui garantit que $\delta = d/L$, et les carrés δ^2 sont écrits avec une séquence finie de chiffres sexagésimaux, sans approximation, donc les valeurs inscrites sur cette tablette sont exactes, ce qui la différencie de nos tables trigonométriques modernes…

Elle fut interrompue par l'irruption d'un Gustou galopant et essoufflé :

-Madame Ariane ! M'sieur Alexis ! J'ai vu tout à l'heure un pelhandrin en train de glaner au champ de l'Émile !

-Un quoi ? s'étonna Ariane.

-Ben… un pelhandrin… un petassaïre… heu… un loqueteux, quoi !

-Le connais-tu ? demanda Alexis.

-Ben non, j'en ai jamais vu de comme ça par ici. Il n'est pas du pays, pour sûr !

-Décris-le, Gustou.

-Ben... un gars épais comme un fil-de-fer, haut comme trois pommes à genoux.

Ariane s'amusait de l'expression du gamin qui, dans son excitation, oubliait de parler « comme à l'école ».

-... Et puis il a la peau toute pâlicotte, qu'on dirait du jus de pissenlit, il n'a pas un poil, pas de barbe, même que son crâne d'obus on dirait un mouchodrome ! En plus, il a l'air mauvais, mais y ferait pas le poids à la castagne.

-Pourquoi ?

-Ben parce qu'il a des biscottos comme des mollets de coq. En plus, il est unijambiste de l'épaule gauche !

-Comment ça ? s'étonna Ariane, réprimant un fou-rire.

-Oh ! Il a une charpie autour de l'épaule gauche comme s'il s'était pété la clavi... la clavicorne... la clavier !

-La clavicule ?

-Oui, oui !

-Et pourquoi dis-tu que c'est un pelhandrin ? demanda Alexis.

-Sa chemise est en pièces, son falzar vaut pas mieux, pareil ses grôles.

Ils se rendirent à la mairie avec le gamin que Martial écouta très attentivement en prenant des notes. Il demanda leur avis aux jeunes gens.

-La description correspond bien à celle d'un transhumain modèle « Kapo », commenta Ariane, c'est très probablement l'un de mes poursuivants.

-À coup sûr, dit Alexis, puisqu'il est blessé à l'épaule gauche.

-Alors, conclut Martial, les deux zozos ne sont pas loin du village, probablement dans les éboulis. Merci, Auguste, tu es un vrai détective, mais si tu le revoies, reste bien caché. De même, si tu vois un gros type très grand, avec des biscottos gros comme des jambons, planque-toi, n'essaie pas de courir, il aurait vite fait de te rattraper. Allez, va, ça vaut bien une récompense ! termina-t-il en tendant une pièce au gamin.

-Merci, m'sieur Martial ! Et il sortit.

L'on délibéra. Ariane fit valoir qu'un Kapo pouvait, à la rigueur, en état de détresse ou par veulerie, abandonner une mission, mais qu'une chimère était programmée pour aller jusqu'au bout, fût-ce au péril de sa vie.

-Nous pourrions en apprendre davantage, suggéra Alexis. J'ai expédié le dénommé Areh, ci-devant correspondant des potentats, en paquet-cadeau au

130

Grand Conseil pour y être cuisiné. Ce ouistiti doit savoir quelque chose.

-Bonne idée. Renvoie une demande par le photoscripteur, dit Martial, et toi, Ariane, reste une minute.

Alexis parti, Martial reprit :

-Tu vois, tant que nous n'aurons pas estourbi ces deux vauriens, tu seras en danger. Garde toujours sur toi ton arme chargée, et entraîne-toi au tir instinctif. Il faut les dégommer dès qu'ils sont à vue. De plus, ils pourraient s'en prendre à n'importe qui par méchanceté ou capturer des otages pour t'échanger. Pas question, tu es bien trop précieuse pour nous tous… et spécialement pour quelqu'un, si je devine bien. Et même…

Il s'interrompit, voyant les pommettes d'Ariane rosir légèrement.

-Il ne sera pas facile de les débusquer, dit Ariane, plusieurs battues ont échoué. Je pense que cette méthode, mettant en branle de gros effectifs, est trop bruyante. Même en prenant des précautions, lors d'une marche silencieuse, si la chimère a des gènes de reptile, elle doit capter les vibrations produites par une troupe en marche.

-C'est bien là le hic ! répondit Martial. Le labo du docteur François confirme : les bestioles ont des séquences d'ADN de crotale, elles voient les infrarouges et sont sensibles aux ondes produites par de petits déplacements. Nous faisons bien courir le aspics rien qu'en tapant du pied !

-Je vois. La chimère détecterait aussi facilement un drone électrique à cause de la vibration des rotors... Mais...

Elle s'arrêta pour réfléchir puis reprit : -Imaginons un petit ballon captif, bien équilibré en altitude, avec une tare, selon le principe d'Archimède, et équipée d'une caméra infrarouge. On le lâcherait d'assez loin, la nuit, dans le sens du vent. La chimère finirait par le voir, mais peut-être cela nous laisserait-il le temps de savoir d'où elle est sortie ?

-C'est rusé, admit Martial, cela ne coûte rien d'essayer et, qui sait ? Les deux pieds-nickelés seraient contraints de changer de gîte. Ce qui nous donnerait une chance de les alpaguer.

Ils discutèrent de la réalisation de ce plan. Alexis revenu, on le lui expliqua ; il l'approuva :

-Je vais faire les calculs nécessaires pour que le ballon se stabilise à la bonne hauteur, dit-il, c'est de l'aérostatique amusante mâtinée d'un peu d'aéro-dynamique. Mais voici la réponse du Grand Conseil. Apparemment, ils savent cuisiner, l'affreux s'est mis à table. Alexis raconta comment Ariane était soudain devenue suspecte aux yeux d'un Kapo, pourquoi l'on avait évité de l'assassiner tout de suite et comment l'on s'y était pris pour faire effectuer le travail par les « rebelles » ou, en cas d'échec, par l'équipe du Kapo Enaid assisté des chimères Salamandre et Apophis.

132

Détail surprenant : c'était moins l'incorrection politique d'Ariane que la possession par celle-ci d'un document de niveau huit qui avait motivé le représentant Areh. Que craignaient-ils ?

-Ils voyaient bien que c'était du calcul répondit Ariane, je suppose qu'ils essayaient de comprendre sans pouvoir décrypter la tablette. Peut-être craignaient-ils qu'elle ne celât un secret, donc qu'elle ne devait en aucun cas tomber entre des mains hostiles ? D'où le niveau de confidentialité. En fait, je ne sais pas si N644 est ou non de la dynamite, mais il peut inspirer des recherches en trigonométrie.

-Et comment ! approuva Alexis. En tous cas, le gugusse ne sait pas qui, très haut placé, te protégeait, mais de peur d'un retour de bâton il a été obligé de concocter un plan foireux pour t'éliminer. Au pire, il se serait pris un savon. Le Soleil t'a sauvée.

-J'aurais tout de même été sauvée, puisque tu étais là… avec ta décurie ! Quant au protecteur… Cela doit remonter à 2018, mes parents fouillaient en Irak. Comme la région était peu sûre, toute l'équipe était armée. Ils entendirent des coups de feu venus de derrière un repli de terrain. Ils virent de l'autre côté qu'un petit convoi avait été attaqué par des djihadistes. Un gredin s'apprêtait à égorger le seul rescapé ; mon père a désigné plusieurs cibles à ses compagnons, et placé la tête de l'assassin dans le réticule de sa lunette. Il lui explosa la citrouille, dirait Toussaint, tandis que ses assistants faisaient du tir aux pigeons sur les djihadistes qui prirent la poudre d'escampette. Le

rescapé se nommait Chervaz, « young global leader »
chez Schwab. Je n'en sais pas plus.

XXIV

-Chervaz ? Scrogneugneu ! s'exclama Alexis revenu à son observatoire, ce nom-là ne m'est pas inconnu ! Il avait reçu un message par photoscripteur : « Плесéцк-De Michel à Alexis. Oc, ce sont bien les parents de ton Ariane. Savent maintenant qu'elle est en sécurité. Demandent si vous avez infos sur un Chervaz alias Pišeni, peut-être encore vivant vers Toulouse (bulle Caussade). Bises à ma mère. Fraternellement. Michel »

Ça se corse, jubilait Alexis. Ce Chervaz-Pišeni ne doit pas être un mauvais bougre, et Caussade se trouve à un peu plus de deux cents kilomètres d'ici. D'ailleurs, c'est dans le coin où devait se rendre officiellement Ariane. Ça vaut le coup de se renseigner, mais en attendant, calculons le ballon.

Il trouva qu'un ballon d'un mètre-cinquante de diamètre, gonflé avec 1,4 mètre-cube d'hélium pouvait emporter un peu plus de deux kilos de charge utile à l'altitude de plénitude, qu'il fixa à sol plus deux-cents mètres compte tenu du nivellement barométrique et de la correction d'humidité. La caméra ne pesant que quatre-cents grammes et le câble de nylon huit-cents grammes il put calculer le poids toléré de l'enveloppe et du ballast. Cela fait, il donna des instructions pour la fabrication de l'enveloppe ; l'atelier demandant trois jours de délai, il décida de consacrer ce temps à entraîner Ariane au tir instinctif et à chercher des renseignements sur Chervaz.

Ariane prenait son entraînement au tir très au sérieux ; elle avait demandé au cordonnier de retailler l'étui de son pistolet de façon qu'elle puisse dégainer rapidement. Elle excellait au tir sur des cibles mobiles aléatoires, et pour corser le jeu, un armurier avait imaginé d'ajouter sur le parcours des lanceurs aléatoires de pigeons d'argile peints en couleurs de camouflage, donc peu visibles. Toucher de si petites cibles véloces, imprévisibles, avec une ou deux balles nécessitait de bons réflexes et une solide aptitude à évaluer la déflexion nécessaire, qui plus est au jugé. Après avoir vidé quelques chargeurs avant de tout bien coordonner, elle stupéfia Alexis par l'efficacité de son tir. « Il vaudra mieux ne pas lui chercher noise », se dit-il, satisfait.

Quant à Chervaz-Pišeni, si l'État-Major provincial ne le connaissait pas, en revanche le Grand Conseil répondit qu'il s'agissait très probablement d'une personne très haut placée dans la hiérarchie des mondialistes. Un certain Pišeni possédait, chose rare dans le Monde Nouveau, une résidence fortifiée vers l'église de Saint-Jacques-d'Esperière. Il fallait en parler à Ariane.

-Des correspondants de Russie me demandent des informations à propos d'un certain Pišeni. Aurais-tu entendu ce nom-là ?

-Cela ne me dit rien, répondit Ariane.

-Il semble que ce soit le pseudonyme de ce Chervaz dont tu nous as parlé.

-Ça alors !

-Il faudrait le retrouver. Cela ne devrait pas être trop difficile, nous avons une localisation approximative de sa résidence. Nous pourrions emmener la décurie en promenade, ne crois-tu pas ?

-Pourquoi pas. Et puis il y a des tablettes à récupérer à Muret, si les Kapos n'ont pas tout inventé en montant le piège.

-Bien ! Il nous faudra l'accord de la Légion du Quercy pour traverser la province qu'elle contrôle jusqu'au sud de Montauban ; après, nous verrons, je ne crois pas qu'ils soient déjà allés jusqu'à Muret. Je fais le nécessaire. Ah ! Pour l'aérostation, la nuit sera sans lune dans quarante-huit heures !

Au soir dit, Alexis, Ariane, Martial et René gonflèrent le ballon à quelque deux-cents mètres du repaire supposé des deux olibrius. Tout était silencieux, le vent venait du nord-est et une éminence cachait l'équipe aux regards de la chimère. Alexis vérifia l'hygrométrie, la pression atmosphérique au niveau du sol, procéda à quelques réglages, essaya la caméra. Puis il fit signe de dérouler le câble. Le ballon commença à filer obliquement sous la poussée d'une brise presque évanescente ; il s'élevait progressivement en lâchant peu à peu l'eau excédentaire du ballast jusqu'à ce qu'il atteignît l'altitude de deux-cents mètres, juste à la verticale de l'éboulis. Une longue nuit d'observation commençait.

Ariane, qui avait pris le premier quart, apercevait des tâches vertes sur l'écran, semblant se mouvoir de manière chaotique, courant, s'arrêtant, reprenant leur vagabondage. Elle comprit que c'étaient des lapins de garenne lorsqu'elle vit une forme allongée foncer sur une tâche, se confondre avec elle, tandis que les autres s'égayaient de tous côtés. « Le dîner de Maître Goupil ! » pensa-t-elle.

Un peu plus tard, elle remarqua une traînée de chaleur sur le sol, aboutissant à une sorte de cheminée d'où s'échappait un nuage lumineux. Réglant la focale, elle vit se dessiner une anfractuosité dans la roche, d'où s'échappait de la vapeur. Soudain, une forme humanoïde bondit de l'ouverture. Grossissant l'image, elle distingua nettement ce qui ne pouvait qu'être la chimère. Elle fit plusieurs copies d'écran, nota les coordonnées du repère, puis réveilla ses compagnons.

-Je l'ai ! chuchota-t-elle, il sort de cette cheminée.

-Incroyable, murmura Martial, personne n'aurait cherché ces gloutons dans un bain de vapeur !

La chimère se déplaçait très vite vers l'ouest ; Alexis supposa qu'elle allait au ravitaillement. Bientôt, elle sortit du champ de la caméra.

-Bien, commenta Martial, nous savons où ils crèchent. Et maintenant ? Attendons-nous son retour ?

-Il vaudrait mieux démonter, suggéra Alexis, il risque de voir la baudruche.

Il actionna avec précaution le petit treuil, ramenant le ballon comme le pêcheur fatigue le poisson vorace. Mais une légère risée sur les frondaisons tendit un peu plus le câble qui se mit à vibrer. Alexis n'entendait pas le son, il ressentait légèrement la vibration sur la poignée du treuil.

-Bon sang ! De l'infrason ! avec le vent qui porte, je parie que l'autre vicelard l'entendra.

En effet, Apophis fut alerté par un son bref semblant venir du ciel. Sur la défensive, il fit volte-face et vit une sphère rosâtre, pas très chaude, se détacher sur l'horizon et disparaître. J'ai peut-être été repéré ! Il ragea de ne pas avoir regardé en l'air en sortant. Il va falloir filer dans la cave de la masure en ruine, se dit-il, et vite ! Il revint en courant au gîte, réveilla un Enaid grognon, et ils se mirent en route vers le sud-ouest.

Revenue au village, l'équipe analysa l'opération.

-J'aurais dû prévoir une saute de vent, et donner du mou au câble, pestait Alexis.

-Au moins, si le serpent a repéré le ballon, il va déguerpir avec son cabot et s'éloigner du bourg, dit Martial. C'est toujours ça de gagné. N'empêche, Ariane, ton plan a bien marché. Il fallait y penser !

-Nous ne l'oublierons pas, dit René. Simplement, c'était la première fois. Si nous avons à refaire ça, un jour, nous penserons aux batifolages du vent.

-Oui, nous garderons cette ruse. Sacrée Ariane ! Bon, demain nous cernerons le coin, même si les affreux auront sans doute mis les adjas, conclut Martial.

Le lendemain matin, les deux décuries se placèrent en bouclage tandis que Martial, Ariane et Alexis revêtus de scaphandres ignifugés NBC entraient dans le repère, armes pointées. Ariane ressentit immédiatement la chaleur, de quoi cuire le Kapo, se dit-elle. Les casques filtrant les odeurs, ils ne furent pas incommodés par les relents de la tinette installée au fond de la caverne. La fouille ne révéla qu'un amas de racines et d'épis, quelques mulots, grenouilles et crapauds séchés. Tout fait ventre !

-Au moins, ricana Alexis, nous allons détruire leur garde-manger.

Ils sortirent en jetant deux grenades au phosphore dans l'abri.

Ils sont en situation précaire, dit Ariane, je crois que nous ne trouverons pas leur cachette de sitôt. Toutefois…

-Toutefois ? dirent en même temps Alexis et Martial.

-Nous pourrions les pousser à l'erreur en les harcelant ; les nerfs du Kapo finiraient par craquer. Si des ballons se promenaient jour et nuit, nos gaillards seraient bien en peine de se déplacer pour rapiner.

-Et feraient n'importe quoi pour t'attraper au plus vite ! Pas de ça, Lisette ! Je vais penser à comment arranger ça sans danger pour toi, dit Martial.

XXV

En cette fin de juillet, le convoi Épervier bifurqua vers Cahors afin de présenter la décurie au général commandant la Légion du Quercy. Le quartier *Lassalle*, siège de la légion, était encombré de gardes et de transports de troupes. Alexis et Ariane furent introduits dans le bureau du général José Montojo dit « Papacito », homme d'une carrure impressionnante, larges épaules, bras puissants, béret crânement vissé sur un crâne rasé, collier de barbe encadrant la mâchoire. Alexis lui présenta son ordre de mission contresigné par l'État-Major Confédéral.

-J'étais au courant de votre arrivée, commença « Papacito », et je connais vos exploits ; c'est heureux, parce que je ne suis pas en mesure de vous fournir en renfort davantage qu'une blindée de découverte. Nous faisons mouvement vers Caussade, et compte tenu que des bandes de fellaghas acoquinés aux gauchistes battent la campagne, j'ai besoin de tous mes effectifs.

-Nous n'effectuons qu'une reconnaissance armée, expliqua Alexis. Je propose de suivre vos groupes de combat jusqu'à Caussade, puis de piquer directement sur Le Puy-Closé via Le Couratier et La Porte Guilloux.

-Ça devrait passer, je pense que les bandits seront rameutés par notre attaque sur Caussade, et même s'il en reste quelques-uns se baguenaudant dans les parages, vous êtes de taille à les poivrer en série. Pour la logistique, je vous donne une citerne de gas-oil. En cas de pépin, contactez « Papacito » sur le canal quatre. Des questions ?

-Aucune, mon Général, je vous remercie de votre aide.

-Alors *¡vista, suerte y al toro !* Bonne chance !

Alexis et Ariane saluèrent et sortirent. Un centurion les attendait, qui leur présenta le char « *Narbonne 759* » et son équipage ainsi qu'une citerne tous-terrains. Le chef de char Bonaventure rejoignit le Hummer :

-Nous suivrons la centurie qui portera son attaque à l'est de la ville ; pour éviter les confusions, je pense que vous pourriez porter sur vos engins les marques de votre légion et le fanion de votre centurie.

-Oc, répondit Alexis. Pour la suite, nous quitterons la colonne et progresserons en tiroir, votre char en éclaireur, un de nos véhicules blindés en couverture. Ralliement des trois autres et on recommence. Distance maxi : cinq cents mètres.

-Ça me va, apprécia Bonaventure. Mon code est « Narbonne ». Quel canal ?

-Canal tactique six pour tout le monde, conclut Alexis.

La centurie progressa rapidement vers Caussade dont on aperçut bientôt les murs surmontés de tours de verre et d'acier. Elle déborda par l'est puis vira à l'ouest pour prendre directement la bulle sous son feu. À ce moment-là, Alexis dirigea son groupe en direction du

Couratier. Routes et chemins n'étaient pas du meilleur état, le Monde Nouveau ayant abandonné les campagnes, aussi faudrait-il du temps pour parcourir les quelque vingt kilomètres menant à Saint-Jacques d'Esperière.

Depuis le poste de tir du « *Vatan* », Ariane regardait défiler lentement le paysage du causse, plutôt aride en cette saison. Elle voyait de loin en loin quelques troupeaux de moutons ou de bovidés paissant sur de vagues ondulations du terrain. « *Narbonne* » venait juste d'entamer un nouveau bond en avant lorsqu'une grêle de projectiles s'abattit sur le convoi. Les pillards avaient laissé passer le char sans bouger et tentaient maintenant à s'en prendre aux véhicules à l'arrière. Ariane s'empara de la radio :

-Narbonne, d'Épervier. Tir dans vos sept heures. Castillon, dans vos dix heures !

Le 88 du « *Narbonne* » et le 37 du « *Castillon* » tirèrent, tandis qu'une bande de pillards dévalait la pente en direction du Hummer. « -Ne moisissons pas ici ! » cria-t-elle au chauffeur en même temps qu'elle se précipitait au poste de tir. Elle arma la mitrailleuse et faucha les assaillants. Le « *Poitiers* » tira à mitraille. Cette riposte refroidit les ardeurs des gredins dont beaucoup restèrent sur le carreau.

-Narbonne à Épervier -Sortez du champ, je vais tirer à mitraille.

Le 88 cracha ses shrapnells mortels et le reste des assaillants prit la fuite.

-Épervier décurion à tous : bon travail. Avançons. Toujours en tiroir, précisa Alexis.

La progression continua sans encombre jusqu'au Couratier, au débouché de la vallée de l'Aveyron. Là, il fallut encore déloger quelques ruffians mal embouchés qui avaient eu la malencontreuse idée d'établir une barricade à l'entrée du bourg. Un tir du « *Narbonne* » et quelques rafales de 12.7 les incita à laisser armes et bagages, au grand soulagement de la population du lieu qui exécuta deux ou trois pendards afin de leur apprendre à vivre. L'on fit halte à La Porte-Guilloux pour décider de l'itinéraire jusqu'à Saint-Jacques d'Esperière, le GPS indiquant un entrelacs de petites routes.

-Il vaudrait mieux couper directement, dit Alexis, le relief n'a pas l'air très compliqué à franchir.

-Le problème, objecta Bonaventure, est que nous risquons de nous fourvoyer sur des chemins de chèvres. L'avantage, sinon, est que nous ne serions pas retardés par des pillards qui se baguenauderaient dans les parages.

-Nous pourrions engager un guide, suggéra Ariane.

-C'est une idée, apprécia Alexis. Veux-tu bien parler aux gens du village ?

Les habitants voyaient bien que les « estrangers » arrivés du Couratier n'avaient pas l'air hostiles, mais ils semblaient perplexes et vaguement inquiets.

-Bonjour à vous tous, commença Ariane, nous ne sommes pas vos ennemis...

-Ô pécaïre ! Et qui nous prouve que vous n'êtes pas des envoyés du représentant ? fit une voix.

-Ah ! Je suppose que vous ne savez pas que le Monde Nouveau est fichu ? Avez-vous encore du téléphone ? De l'internet ? De l'électricité ?

-Bé non ! Tout est ratiboisé !

-Eh bien ! C'est la même chose à la bulle de Caussade. Ceux qui vous tyrannisaient n'ont plus les moyens de commander.

-C'est pour ça qu'on entend le canon ?

-Oui, nous attaquons les pillards et les vauriens retranchés dans la Bulle. Nous sommes les forces de la Rébellion, dit Ariane en montrant les fanions sur les véhicules.

Des clameurs d'enthousiasme retentirent, qui allèrent crescendo lorsqu'un gamin arrivé à vélo du Couratier expliqua que « ces soldats ont escoffié la bande à Moussa Razeh ». Ariane s'amusa de ce nom bizarre, et on lui expliqua que « Razeh » était le surnom du caïd Moussa Ibn Lakhmer.

-Vous voilà libres ! dit-elle, je suppose que vous êtes en mesure d'organiser votre communauté.

-Tout ça c'est très bien, belle pitchounette guerrière, mais je suppose que tu as quelque chose à nous demander, non ?

145

La question venait d'un vieil homme sec comme un coup de trique, portant béret et moustaches.

-Nous allons vers Saint-Jacques d'Esperière, il nous faut un guide pour passer à travers champs.

Le vieux se concerta en langue occitane avec l'autres anciens du village ; cela dura bien vingt minutes.

-Boùn ! C'est d'accord, je vais vous guider tout droit, mais je vous préviens que les sentiers de cabres sont mal pavés. Et faudra me ramener ici quand vous aurez fini vos affaires.

-Entendu, approuva Ariane. Je m'appelle Ariane, le chef est Alexis, et vous ?

-Romaing.

Le vieux s'installa à côté du chauffeur dans le Hummer, les directions qu'il indiquait étant relayées au « Narbonne ».

-Romain, connaissez-vous une grosse bâtisse avec de hauts murs, un peu au nord de Saint-Jacques ?

-Vous voulez rire ! Tout le monde la connaît ! C'est le repère d'un puissant qu'on appelle Pichéni. Vous voulez l'attaquer ?

-Nous avons deux-trois questions à lui poser, répondit Ariane.

-Alors, je vous y mène tout droit.

En fin d'après-midi, Romain les arrêta près du Ruisseau de la Garde et montra la bâtisse : « C'est là ! »

XXVI

Alexis observa aux jumelles. La bâtisse était légèrement au-dessous de la côte 200, l'on pouvait y accéder par une sente pas trop abrupte. Il n'y avait pas d'activité apparente dans l'édifice, en revanche Alexis nota un campement de brigands au bas des murs. Il faudra reconnaître les lieux avant de se lancer ; pour l'heure, mieux valait camoufler les véhicules, bivouaquer, et l'on pourrait toujours lancer une reconnaissance nocturne. Au dîner, Romain goûta la daube de sanglier :

-Ah ! exulta-t-il, cette fois plus de doute : quand on fait un plat comme ça, c'est qu'on est civilisé, eh ! Ariane approuva.

Dans la nuit, Jean-Pierre et Jacques, envoyés en reconnaissance, indiquèrent qu'il n'y avait qu'un seul campement d'hostiles, une quarantaine tout au plus, armés de fusils hétéroclites et visiblement peu disciplinés. Vers six heures du matin, Alexis organisa l'attaque.

-Rien ne bouge dans la bâtisse, mais cela ne veut pas dire qu'elle est abandonnée ni que personne ne réagira. Nous avançons en tirailleur, planqués par la broussaille, Épervier à gauche, Crécerelle à droite. À cinquante mètres, point d'appui de chaque côté avec mitrailleuse et mortier. Au signal, « *Narbonne* » balance des shrapnells, on dézingue tout ce qui cherche à se carapater puis on fonce.

Les bandits n'opposèrent guère de résistance, les uns hors de combat, les autres se rendant piteusement. Ceux-là, Romain proposa de les remettre aux habitants de Saint-Jacques qui avaient quelques comptes à régler avec eux. « Oc ! » dit Alexis. Le pied de la muraille formait un glacis sur lequel donnait une porte massive.

-La faisons-nous sauter ? demanda Jean-Pierre.

-De grâce, Messieurs, ne vandalisez pas cette pauvre porte ! implora une voix venue du haut du mur où un drapeau blanc était apparu, tenu par un septuagénaire en habit bleu de diplomate.

-C'est Pichêni, je le reconnais ! cria Romain.

-En effet, je suis Paul Chavez dit Pišeni. Nous ne sommes que trois, mes deux employés et moi-même, par conséquent nous ne saurions résister au siège d'une force armée de canons.

-À d'autres ! grogna Romain, qu'est-ce qui me dit que vous ne calculez pas une embrouille ?

-Rien, en effet, si ce n'est que depuis le dix mai tous les dispositifs électroniques de cette demeure sont hors-d'usage. Je suppose, cependant que les moteurs de la porte, protégés par un blindage, doivent encore être en état. Si j'avais un peu d'électricité, je vous ouvrirais volontiers.

Durant cet échange, Jacques s'était hissé sur le mur d'enceinte ; voyant seulement deux hommes désarmés dans la cour, il fit signe que tout allait bien. L'on approcha un groupe électrogène qu'on relia à la porte.

Les deux battants pivotèrent et le « *Narbonne* » suivi des gardes entra dans la cour. Alexis se présenta à l'hôte de ce lieu, mais Chervaz fut stupéfait en voyant Ariane :

-Mon Dieu ! Ariane ! Comme elle ressemble à Claire !

-Vous connaissez donc ma mère ?

-Oui, et je dois la vie à Pierre, votre père !

Une foule de questions vint à l'esprit d'Ariane, mais elle jugea que, pour l'heure, tous avaient d'autres préoccupations.

-Messieurs les soldats, dit Chervaz, je suppose que vous savez quelque chose relativement à ma position dans le ci-devant gouvernement mondial. Celui-ci n'est plus, vous savez pourquoi. Les autres potentats sont probablement dans ma situation, isolés du reste du monde ; d'autres auront péri. Je me constitue votre prisonnier.

-Nous sommes venus à la demande de personnalités de notre Confédération, actuellement en résidence à Moscou, répondit Alexis. Elles s'interrogeaient sur votre sort après le cataclysme. Nous pouvons les renseigner et n'avons pas pour mission de vous arrêter.

-Votre intervention a été salutaire : les pillards nous assiégeaient, nous étions presque arrivés à l'épuisement de notre stock de conserves et la présence des brigands rendait difficile une escapade qui, par ailleurs, nous aurait fait vagabonder dans la campagne, sans vivres ni protection.

-Vous ne pouvez pas rester ici sans ressources, intervint Ariane, le mieux, si mon décurion en est d'accord, est que vous veniez avec nous dans notre communauté de Val-Aux-Blés. Le Conseil Provincial déciderait de la suite.

-Vous avez la générosité de vos parents, Ariane. Je m'en remets à la décision de votre chef.

Alexis dut passer par « Papacito » pour contacter la légion du Limousin et le Conseil Provincial. Enfin, il revint vers le groupe :

-Nous avons le feu vert. Monsieur, veuillez prévenir vos employés et préparer votre bagage.

Le vieux Romain, qui n'avait rien perdu de la discussion, prit René à part :

-Dis-donc, jeune ! C'est bien du Val-Aux-Blés près de la Gartempe, qu'ils causent ?

-Mais oui, l'Ancien.

Figure-toi que j'ai fait mon service militaire en 95 dans un patelin pas loin du vôtre. J'avais un copain de là-bas ; Tu connais le Ferdinand Louérot, l'artilleur ?

-Oc ! C'est un vieux de la vieille, toujours vert, bon pied, bon œil.

-Bien, dit le vieux, y a pas à tortiller, j'embarque avec vous pour aller voir le Ferdinand. Ton chef dit oui ou non, mais vous me devez bien ça, bande de couillons !

Alexis accepta : quatre passagers, il y avait bien assez de place dans le « *Vatan* » et les blindées. Chervaz et ses domestiques apportaient quelques bagages qu'ils avaient empaquetés sous l'œil vigilant de Jean-Pierre.

-Ariane, dit Chervaz, nous avons récupéré il y a quelques mois des tablettes mésopotamiennes dans les ruines du musée de Toulouse. J'avais demandé à l'Institut des Sciences d'envoyer un expert pour les étudier et les classifier.

-C'est un peu grâce à elles, et à la suite d'un enchaînement d'évènements que vous me voyez ici. Nous en reparlerons. Combien y en a-t-il ?

-Une vingtaine.

-Bien, je les prends. Mon décurion sera d'accord.

-Promptitude de la décision ! Vous êtes bien la fille de Claire !

-Papacito, d'Épervier. Fin de mission, nous rentrons.

-Épervier, de Papacito. Bon travail. Nous sommes dans la Bulle de Caussade. Gardez « *Narbonne* » pour vous escorter jusque chez vous, et payez-leur un bon gueuleton, ils l'ont mérité. Terminé.

-Papacito, d'Épervier – Merci mon Général, nous allons bien les soigner. Terminé.

La colonne démarra. En passant à la Porte-Guilloux, Romain prévint qu'il allait à Val-Aux-Blés, chez Ferdinand. On arriva en fin de journée. Martial attendait la décurie, en compagnie du centurion

Toussaint. Jean-Pierre fut chargé d'installer les invités, tankistes compris, dans la « case de passage », tandis qu'Ariane et Alexis allèrent à la mairie pour faire leur rapport. Martial apprécia qu'ils aient invité Chervaz, une « huile » qui pourrait raconter beaucoup de choses au Grand conseil. Toussaint annonça tout de go à Alexis : « Tu vas passer centurion ! »

-Mais je ne veux pas ! se défendit Alexis, je fais des maths, et on a besoin de moi ici !

-Je ne te demande pas ton avis, grogna Toussaint. Je devine bien, dit-il en regardant Ariane, que tu as des projets… (Ariane piqua un fard et se mordit la lèvre)… mais tu vas quand-même faire l'école de centurie. Nous n'allons pas te confier tout de suite une grosse unité, et d'ailleurs je ne suis pas prêt à lâcher la rampe. Tu seras centurion de réserve, voilà tout, et tu feras des maths à ta guise. Quant à tes gars, ils seront toujours à toi, tu coifferas Épervier et Milan, Jean-Pierre passe décurion, et commandera Milan. Il sera remplacé dans le rang par le petit nouveau, Aurélien, qui doit faire son service d'ost.

Pendant ce temps, Romain cherchait « Ferdinand l'artilleur » et sa façon de prononcer « Ferdining » ne surprit que l'écolier Gilbert qui appela : « -Grand-Papy ! Y a un monsieur qui veut te voir ! »

-Oh ! Fan de luno ! C'est Romain !

-Fan de chichourle ! Mon vieux Ferdinand ! Ça fait une paye !

Ils soupèrent fort bien en se racontant leur vie.

152

XXVII

La chatte Bastet, sur le rebord de la fenêtre, arrêta soudain sa toilette et se mit à pousser des roucoulements étouffés. Elle a dû voir quelque tourterelle, se dit Ariane occupée à chercher comment le scribe avait pu calculer les rapports suggérés par la tablette N644. Regardant machinalement dehors, elle fut surprise d'apercevoir un dirigeable miniature volant au-dessus du village. Aux jumelles elle observa que l'appareil portait une caméra. « Aurait-on suivi mon idée pour débusquer cet Enaid et sa chimère ? » se dit-elle. Elle résolut d'interroger Martial ou Alexis un peu plus tard et revint à ses calculs.

Nous sommes habitués à la notion de pente, réfléchissait-elle, pente d'une courbe, inclinaison d'une hypoténuse, mais les babyloniens raisonnaient en termes de rapports. Leurs scribes savaient qu'en extrapolant un triangle en multipliant ses côtés par le *makşarum*, ils obtenaient un triangle semblable. Elle nota : $(3,4,5) \rightarrow (1.0, 1.20, 1.40)$ *makşarum* = 20. En supposant un triangle rectangle-étalon de hauteur β, d'hypoténuse δ et de base L = 1 -appelons-le triangle normé- je peux obtenir une infinité de triangles semblables en multipliant ses dimensions par un même facteur. β détermine en fait la pente de l'hypoténuse, la planéité relative du triangle. Bien, se dit-elle, satisfaite, il faudra ensuite exposer la procédure de division des nombres réguliers.

Devant s'entretenir avec Paul Chervaz, elle rangea ses notes.

Enaid regrettait son ancienne cachette. Malgré la température estivale, il grelottait. La masure à demi effondrée était un ancien moulin dont subsistaient quelques pans de toiture. La salle de meunerie qui servait de gîte était envahie de lierre. Par les crevures du plancher l'on distinguait la carcasse rouillée de la turbine, couplée à un jeu d'engrenages rongés, et le boîtier du renvoi d'angle. Tout baignait dans une eau noirâtre où surnageaient des taches irisées semblables à des flaques d'huile à la surface d'un bassin. Quelques câbles électriques pendaient de-ci, de-là aux vestiges des murs.

Apophis trouvait facilement sa pitance parmi les batraciens, rongeurs et reptiles hantant ces lieux, mais Enaid ne pouvait se nourrir que de végétaux. Les reliefs d'un potager ne suffiraient pas à son appétit, Apophis devrait continuer à chaparder. L'entreprise devenait risquée, car des dirigeables sillonnaient le ciel jour et nuit et le risque d'être repéré par une de ces machines était élevé. Dès que la chimère ressentait la vibration d'une hélice, les deux fugitifs devaient s'enfermer dans un placard aux portes à demi-dégondées. Il fallait désormais conclure rapidement la mission. En fourrageant près d'un appentis délabré, Apophis avait déniché une improbable *takuba*, l'épée des Touareg, qu'il s'employait à dérouiller et affûter à l'aide d'un fragment de meule. Cette besogne lui laissait le temps d'imaginer une tactique pour approcher cette désobéissante Ariane afin de la châtier, mais les idées ne se bousculaient pas !

Alexis attendait Ariane sur le chemin de la « case de passage ». Chervaz-Pišeni les accueillit, toujours tiré à quatre épingles.

-J'ai beaucoup à vous raconter, commença-t-il, mais si vous me permettez, Ariane, je vous tutoierai, car j'en usais ainsi lorsque vous étiez encore une petite fille. Je ferai de même avec vous, décurion... pardon, aspirant Alexis, puisque cela me semble être l'usage dans vos communautés. Il va de soi que réciproquement vous me tutoierez.

-Comme tu le sais, Ariane, poursuivit-il, j'ai rencontré tes parents en 2018 au cours d'un drame en Irak ; je pense que tu en connais les grandes lignes. J'étais alors ce que l'on appelait un *mondialiste*, qui plus est *progressiste*. Je voyais un monde sans frontières ni de nation, ni de race, persuadé que le bonheur de toute l'humanité découlerait du libre-échange des biens, supposé produire la satiété. Comme beaucoup d'autres, j'étais persuadé qu'il fallait créer un homme nouveau, augmenté par les biotechnologies...

-C'est ce que l'on ne cessait de nous seriner dans les Bulles, l'interrompit Ariane. Permets-moi une comparaison linguistique : nous n'étions guère mieux que des « pro-hommes » comme il existe des pronoms. Le pronom est vide de sens, c'est pourquoi il peut désigner n'importe quel item et ne prend sens que s'il renvoie à un antécédent, faute de quoi il demeure vide.

On a voulu faire des hommes vides et le monde devint un chaos incompréhensible !

-C'est assez juste, commenta Chervaz, mais il y avait des très puissants croyant que le monde qu'ils inventaient et façonnaient comme l'argile du potier existait vraiment. Ils ... nous ne voyions pas la tragédie que nous mettions en train à force de nier les lois anthropologiques et celles de la nature.

-C'est un fait, dit Ariane, et nous autres avons payé cet hubris au prix fort !

-Je le sais. Ma prise de conscience fut douloureuse. Lorsque l'assassin a placé son couteau sur ma gorge, en un instant j'ai compris combien je m'étais trompé, et, pensant mourir, j'ai demandé pardon à Dieu et aux hommes de mes erreurs criminelles. J'allais périr de la main de l'un de ces êtres auxquels nous ouvrions les portes de nos cités et aux exactions desquels nous trouvions toujours des excuses. Au moment du trépas, la chair se révolte, je suis tombé en syncope. Revenu à moi, j'étais couvert du sang et de la cervelle de mon bourreau, mais j'avais gardé cette lucidité nouvelle surgie telle la Grâce, in articulo mortis. Je connaissais le projet du Grand Reset, et à cet instant, je jurai de faire tout mon possible pour saboter ce plan funeste.

Ariane et Alexis se taisaient, impressionnés par cet aveu que ne démentait pas le regard éperdu de Chervaz.

-Davantage que ma propre vie, reprit-il, je dois à Pierre le peu de bien que j'aie pu faire par la suite. J'ai très longuement parlé avec tes parents, Ariane, ayant compris qu'ils étaient dissidents. Ils m'ont communiqué leur foi en une civilisation qui refusait de disparaître et en une humanité qui voulait demeurer elle-même.

-C'est vrai, confirma Ariane, mes parents m'ont élevée dans l'héritage de cette culture millénaire, tout en m'apprenant à la dissimuler en raison de la tyrannie ambiante, toujours prête à frapper.

-J'étais placé très haut dans la hiérarchie mondialiste, non toutefois au niveau des Soros, Schwab, Gates, Bezos, Zuckerberg, pour ne citer que les plus détestables connus à cette époque, mais suffisamment puissant pour qu'on me délègue des pouvoirs effectifs. Je dus aller masqué, contraint de donner des gages d'obéissance mais agissant en sous-main, en contact permanent avec les réseaux urbains dissidents par l'intermédiaire de Pierre et Claire.

-Cela explique sans doute que les « naturels » aient conservé des arrondissements distincts de ceux des bobos transhumains dans les villes ? demanda Ariane.

-En effet. Il a fallu convaincre les potentats de l'utilité des « naturels », de l'intérêt qu'il y avait à conserver leurs savoirs, voire à financer leurs recherches. C'est ce qui t'a permis de devenir archéologue et professeur, entre autres exemples.

-Mais comment, malgré votre protection, mes parents ont-ils disparu ?

-Un tragique concours de circonstances a fait qu'un dissident, à cause d'une imprudence, est tombé entre les mains des Kapos. Il n'a pu résister aux tortures et a fini par révéler ce qu'il savait de l'organigramme de la dissidence. Le représentant d'alors décida d'éliminer tes parents. Il voulut agir en ne prévenant que son supérieur direct, personnage sinistre que je surveillais. J'eus ainsi connaissance du traquenard qu'il préparait : une mission en Anatolie pour tes parents qui devaient périr dans l'embuscade d'un parti de fanatiques mahométans.

-Ils seraient donc disparus en Turquie, demanda Ariane.

-Non. J'avais au dernier moment, à l'insu du représentant, transformé l'ordre de mission pour qu'ils viennent récupérer les tablettes que je t'ai confiées. Il était prévu qu'ils se réfugient chez moi. Malheureusement, le représentant avait déjà, sans en rendre compte, attaché une équipe d'exécuteurs qui les suivait partout à distance. Je suppose...

-C'est exactement le guet-apens ourdi contre moi ! s'exclama Ariane.

-Rien de surprenant, les représentants, tous transhumains, sont conditionnés, et leur imagination est très limitée, tout comme leur discernement. Hélas, tes parents n'ont pas eu la même chance que toi. Je suis toujours déchiré par cet échec. Cependant, mais ce n'est qu'une piètre consolation, j'ai pu faire en sorte que, contrairement au règlement, tu hérites de leurs biens.

Ariane pleurait en silence, ce que voyant, Alexis qui jusqu'ici était resté silencieux, l'entoura de ses bras :

-Ariane ! Beaucoup d'indices me font penser que Pierre et Claire sont toujours de ce monde. J'ai même une idée d'où ils pourraient être. J'ai seulement besoin d'une confirmation. Je ne veux pas en dire davantage, pour ne pas te donner de faux espoirs. J'ai simplement besoin d'une photo de toi pour la transmettre à quelqu'un avec qui je corresponds.

-Oh, Alexis ! Puisses-tu dire vrai ! implora Ariane. Il est vrai qu'Isabelle et toi me dites que je ressemble à cette femme que vous avez sauvée il y a six ans. Cela me troublait, à présent, j'espère !

Chervaz, tout stupéfait qu'il était, partageait cet espoir.

-Prions pour qu'il en soit ainsi, dit-il. Je vous ai dit bien peu de choses, j'aurai sans doute tout loisir de tout raconter au Grand Conseil de la Confédération. Il faut que vos communautés soient instruites de la perversion qui anime les puissants afin que jamais personne, si riche soit-il, ne se prenne pour Dieu.

XXVIII

Alexis avait transmis à Michel, travaillant au cosmodrome de Plesetsk, la photographie remise par Ariane. Il faudrait quelques jours pour recevoir la réponse. En attendant, Épervier et Milan avaient été convoqués pour prêter main-forte au Génie en un lieu situé à vingt kilomètres, sur le Bois-des-Échelles. L'endroit avait été nivelé dans les années soixante du XXe Siècle pour créer un terrain de vol-à-voile, puis abandonné, puis planté de sapins. Au début des guerres civiles, la piste avait été réaménagée à travers la sylve pour accueillir quelques avions, puis camouflée sous une prairie factice à cause de la menace de l'OTAN. Maintenant, il était question de réactiver cette base, de la doter d'un système d'atterrissage aux instruments, de moyens logistiques et d'un contrôle aérien. L'État-Major provincial la désignait par « *B1* » et les plus anciens des communautés voisines par « *le Terrain* ». Les deux décuries peinèrent donc deux semaines avec les sapeurs, puis retournèrent à Val-Aux-Blés.

Pendant ce temps, Ariane avançait dans son interprétation du N644. Elle cherchait la manière dont les scribes calculaient les proportions $b_n/d_n = \beta_n/\delta_n$. Pour cela, il fallait découvrir le procédé utilisé à Babylone pour diviser un nombre par un autre. Elle trouva que, comme on le fait parfois à l'époque contemporaine, les babyloniens multipliaient le dividende par l'inverse du diviseur. Il suffisait d'associer au nombre régulier n du dividende son inverse $\bar{n}$. Elle comprit que le produit $n \times \bar{n}$ divisé par soixante ou une puissance entière de soixante donnait 1. Quant au calcul de l'inverse, il suffisait d'un algorithme itératif. Elle nota : sexag. n=25. Faire 1/n =0,04. Multi par 60 = 2,4. Prendre l'entier 2. Retrancher l'entier du résultat = 0,4. Multi par 60 = 24. Fini, résultat = 2.24 sexag est l'inverse de 25. Elle dut ensuite rechercher le principe du calcul de la racine d'un nombre : $\sqrt{a} = \overline{2}\,(a\bar{n} + n)$, mais la précision de ce calcul ne la satisfaisant par vraiment, elle résolut d'en remettre l'examen à plus tard, devant choisir une tenue pour le mariage d'Estelle.

On maria donc Estelle et Jean-Pierre lors d'une jolie noce de campagne. Devant la porte de la mairie Jean-Pierre, en uniforme de parade, attendait l'arrivée d'Estelle. Elle vint, accompagnée d'Ariane, Isabelle, Alice et Aurélien qui lui tenaient lieu de famille ; ensemble ils entrèrent dans le salon de la maison commune où se tenait Martial, ceint de l'écharpe aux couleurs de la province.

-Soyez bienvenus dans la maison commune, Estelle, Jean-Pierre, commença-t-il d'un air solennel qu'il abandonna aussitôt. La tradition, pas si vieille que l'on croit, impose de commencer par les formalités civiles. Ouais... Je suis le premier magistrat de cette Communauté, mais je ne fais que servir le hors-d'œuvre. Parce que qui suis-je, moi, humble pégreleux, devant Celui qui sacralise l'union de deux âmes ? Enfin... Quand il faut y aller, il faut y aller !

Le foule des invités, qui connaissait bien son édile, riait franchement.

-Bien, reprit-il, procédons selon la loi pour signer ce qui ne sera pour le moment qu'un contrat entre deux humains, un homme méritant et une femme méritante, tous deux citoyens de notre Communauté.

Il énonça les obligations réciproques des époux, leurs responsabilités mutuelles envers les enfants à venir, obtint leur consentement puis les déclara mari et femme. On signa l'acte de mariage.

-Allez, mes enfants, passons aux choses sérieuses, maintenant. Le Bon Dieu vous attend chez notre ami frocard, et puisque vous avez eu la gentillesse de m'inviter, je vous accompagne.

L'on se mit en cortège, les enfants d'honneur ouvrant la marche. Ariane était au bras d'Alexis, tous deux s'efforçant de prendre un air de circonstance pour ne rien laisser deviner de leurs sentiments réciproques encore inavoués. Ce qui ne trompait personne.

Le prêtre, en ornements blancs, les accueillit sur le parvis de l'église. S'éleva le chant de l'introït, « *Deus Israël conjugat vos* ». Estelle et Jean-Pierre échangèrent leurs consentements et furent unis. Ariane suivait la messe avec ferveur et se sentait vibrer lorsque la maîtrise entonnait les chants sacrés : « *Uxor tua sicut vitis abundans in lateribus domus tuæ* », « *In te speravi, Domine* »... Après la bénédiction des alliances, Jean-Pierre leva le voile d'Estelle et ils échangèrent le baiser.

-Vous voilà mari et femme devant Dieu, dit le prêtre, vous n'êtes plus qu'un seul corps et une seule âme, telle est la force de cet amour qui vous unit, de cet amour dont Saint Thomas d'Aquin disait qu'il est suprêmement le désir de vouloir le bien de l'autre.

À ces mots, Ariane et Alexis se regardèrent, sourirent, et leurs yeux parlèrent pour eux.

En sortant, les mariés passèrent sous les sabres de la haie d'honneur constituée par les deux décuries de la Garde, tandis que voletaient des pétales de roses. Le soir venu, il y eut un banquet somptueux comme on savait le faire dans la Communauté, puis le bal au cours duquel, selon la tradition, Alexis fit danser la mariée et Ariane le marié, mais surtout Alexis et Ariane enchaînèrent ensemble des pas de valse. Ariane se sentait tellement heureuse !

Enaid, dans son bouge, ne se sentait, lui, pas du tout heureux. Il dépérissait à vue d'œil de pure famine et de ressentiment. Pas question de se rendre, car on le fouillerait et l'on trouverait le boîtier de commande de l'implant destiné à éliminer la rebelle. Et cette triple buse d'Apophis qui ne trouvait pas d'idée d'approcher la cible sans être repérés ! Et ensuite, une fois la mission accomplie, que deviendrait-il, lui, Kapo de première classe ? Il songea pour la première fois qu'il pourrait mourir. L'esprit de sacrifice étant étranger aux transhumains et l'instinct de survie étant très faible chez eux, il eut très peur. Que faire ? Il s'était déjà fait repérer en se déplaçant seul ; en compagnie d'Apophis, dont la masse corporelle ne saurait passer inaperçue, ils déclencheraient une alerte à coup sûr. Or il ne se sentait pas de taille à braver seul la troupe des rebelles. Il lui fallait la puissance rassurante de la chimère.

Comment se déplacer en cachant Apophis ? Soudain, comme il contemplait un troupeau de vaches paissant non loin de la cachette, il réinventa d'une manière assez cocasse l'antique ruse qu'employa Ulysse, personnage dont il n'avait jamais entendu parler, pour sortir de la caverne de Polyphème. Il instruisit Apophis de cette idée. Celui-ci avait remarqué, au cours de ses maraudes, que les paysans menaient à intervalles réguliers des bêtes au village. Il ne savait pourquoi, ni même où l'on conduisait le bétail, mais il supposait que c'était une occasion pour se fondre dans le mouvement.

« Плесе́цк- De Michel à Alexis. Ariane est bien la fille de Pierre et de Claire. Ils sont heureux et impatients de la revoir. Leur voyage vers Val-Aux-Blés s'organise. Je viendrai aussi. Y-a-t-il un terrain d'atterrissage proche ? Bises à ma mère. Amitiés. Michel »

Alexis s'empressa de courir chez Ariane. Auparavant, il avait informé Michel que « *le Terrain* » était remis en état et devait fonctionner sous quinzaine. Ariane était sortie, lui apprit Isabelle, probablement pour promener le petit Denis avec Alice. Alexis informa Isabelle de la teneur du message qu'il la priait de remettre à Ariane.

-Ça alors ! Quel bonheur ! commenta Isabelle qui, néanmoins se rembrunit : j'espère qu'elle restera tout de même parmi nous !

-Je crois bien qu'il n'y a pas de danger qu'elle nous quitte ! la rassura Alexis en souriant.

-Je te crois, vil séducteur ! plaisanta Isabelle.

Il fallut avertir Martial de la venue des parents d'Ariane.

-Bien ! Bien ! J'espère qu'ils resteront assez longtemps pour que tu demandes la main d'Ariane à son père, dit Martial, parce que, mon gaillard, à voir vos yeux de merlans frits quand vous vous regardez, elle et toi, tu ne vas pas y couper !

-Je crois bien que c'est dans l'ordre des choses, convint Alexis, il n'y a pas à tortiller.

-Maintenant, où allons-nous loger ces « Russes » ? Je ne vois que le château.

Cette vaste bâtisse du XVIIᵉ Siècle, reposant sur un soubassement du XIIIᵉ, était maintenue en parfait état ; elle servait de résidence aux visiteurs de marque. Chaque appartement, avec un vaste salon orné de panoplies, disposait de toutes les commodités, et deux grands salles d'honneur servaient de lieux de réception et de salles de conférences. La lumière y entrait par de hautes baies vitrées d'où le regard s'échappait vers un parc planté d'essences rares.

-Tu vas mettre des gardes au boulot, ordonna Martial, sous la direction du conservateur. Que tout soit nickel !

Revenant chez elle, Ariane fut accueillie par une Isabelle radieuse et une Bastet qui avait l'air de savoir quelque chose de très important. Ariane ne doutait pas qu'elle allait apprendre une bonne nouvelle, mais ce qu'elle lut combla ses espérances au-delà de tout ce qu'elle pouvait imaginer. Elle se voyait se précipitant dans les bras de ses parents, et pensait aux mille questions qu'elle ne manquerait pas de leur poser. Enfin ! Après un immense chagrin, après six ans de regrets, non seulement elle avait trouvé un havre de paix, mais elle allait retrouver ceux qu'elle chérissait et à qui elle devait tant !

-Et puis, lui dit Isabelle, un peu taquine, ce sera une belle occasion pour que quelqu'un que nous connaissons bien en profite pour supplier ton père de te donner à lui en mariage !

-Nous verrons bien, répondit Ariane, mais quelque chose me dit que ce n'est pas impossible !

-Eh bien, ma belle, nous allons préparer deux gros magrets de canard accompagnés de pommes de terre à la sarladaise, avec un bon vin pour fêter cela !

-Et comment ! jubila Ariane.

XXIX

Au château, une escouade de gardes s'affairait à arranger l'appartement réservé aux parents d'Ariane. Alexis vint s'assurer que les ordres étaient bien exécutés. René demanda comment organiser la chambre : les invités ne goûteraient probablement pas de dormir dans un lit Louis XV. « Trop rococo ! », pensa Alexis se souvenant par contraste du mobilier chic mais discret de l'appartement d'Ariane. Il envoya René chercher Ariane pour qu'elle donnât son avis ; quant à lui, il devait gagner son observatoire dans le clocher où le petit Gustou, pour gagner quelques sous, faisait les poussières et maniait un aspirateur presque aussi gros que lui.

Ariane conférait avec Alice et Aurélien, Denis dormant dans son landau. Les travaux des jeunes doctorants avançaient et ils trouvaient que l'aide de l'apothicaire leur était précieuse pour identifier le nom moderne des simples employés à Babylone. Une fois exposés ces résultats, ils prièrent Ariane de les informer de ce qu'elle avait compris du N644.

-Eh bien, pour calculer une dimension du triangle, en l'occurrence β, puisque la tablette indique β^2, il existe des tables connues allant de zéro à 59 qui est la racine de 58.1, soit de 3481 en base dix. La méthode $\overline{2}(a\bar{n} + n)$ fonctionne, mais parfois avec trop d'approximation. Je suppose que pour calculer la racine de grands carrés parfaits, ils savaient déjà se débrouiller avec la méthode de Héron.

Elle prit son tableur et calcula la racine de 1.44.01 selon la première méthode qui donna un résultat proche de 1.19 puis selon la seconde qui donna exactement 1.19.

-Nous travaillons toujours sur des nombres réguliers, commenta-t-elle, or ils tendent à être moins denses dans la suite des nombres. Cela accroît la difficulté. Mais je vous exposerai plus tard un raccourci de calcul intéressant qui exploite le dernier chiffre significatif du nombre dont on cherche la racine...

L'arrivée de René interrompit cette conférence ; Ariane s'excusa auprès de ses amis et suivit le garde jusqu'au château.

Ce jour de marché, les paysans apportaient du bétail. Les deux abominables résolurent de passer à l'action. Apophis s'approcha d'un jeune taureau paissant paisiblement à l'écart des vaches. L'animal se rebiffa, mais la chimère l'empoigna par les cornes et le contraignit jusqu'à ce que, épuisée, la pauvre bête se rendit. Apophis lui passa un licol dont il tendit l'extrémité à Enaid, puis se glissa sous le ventre du taureau, se suspendant à une corde passée sur l'échine de la bête. Ainsi se mirent-ils en route sans être d'abord reconnus des observateurs rivés aux écrans des caméras. Ils parvinrent dans un taillis épais, en contrebas du château. Invisibles du ciel, croyaient-ils, ils franchirent la muraille du parc, longèrent la douve et se cachèrent dans une haie proche de la fontaine dite « du Batracien » d'où ils avaient une bonne vue sur presque tout le bourg et sur l'entrée du château.

Peu de temps après, ils virent deux personnes franchir la poterne puis entrer dans le bâtiment. Ils avaient reconnu Ariane parmi les deux arrivants. Ils se glissèrent en tapinois sur les traces de leur proie, évitant des gardes affairés dans une pièce. Cependant, les deux assassins n'étaient pas passés inaperçus. Le petit Gustou, jetant un œil sur l'écran, s'écria :

-M'sieur Alexis ! Je vois le pelhandrin ! Le clodo de l'aut'jour ! Y traîne une vache !

Alexis pâlit en regardant l'écran.

-Vite, dit-il, va prévenir Jean-Pierre qu'il vienne avec sa décurie armée jusqu'au château !

Lui-même partit en courant. Bon Dieu ! Il faut galoper ! Ariane y est !

Ariane examinait le lit, pensant qu'effectivement il ne conviendrait pas, lorsque sa vision périphérique décela une silhouette silencieuse s'approchant d'elle. Instinctivement, elle sortit son pistolet et le braqua en direction de l'intrus dépenaillé et sale brandissant un boîtier noir. Elle fit feu et l'individu s'écroula, grièvement touché. L'instant d'après, une forme gigantesque se précipita vers elle. La chimère ! Elle visa d'instinct la tête du monstre, mais celui-ci, extrêmement rapide, avait saisi le canon de l'arme. Ariane pressa la détente, le projectile traversa la main de la chimère et se logea dans sa mâchoire. Mais, enragée, la bête mi-humaine brandit sa *takuba*.

Alexis se ruait dans l'appartement. N'ayant pas d'arme, il décrocha d'une panoplie un sabre d'infanterie

169

et se précipita dans la chambre. Il vit s'élever la vieille épée.

-Hé ! À moi, glouton ! Deux mots ! hurla-t-il en se précipitant vers la chimère, n'as-tu point honte, tapette, de t'en prendre à une femme ?

Apophis, un instant surpris, fit face.

-Reste en arrière, Ariane, et abrite-toi ! cria Alexis.

Le chimère fonça sur Alexis en faisant de redoutables moulinets avec son épée. Le centurion esquivait, cherchant le défaut dans la garde de son adversaire. Il crut l'avoir trouvée, estoqua avec force, mais Apophis réussit à parer et parvint à le toucher au bras gauche. La douleur décupla la colère d'Alexis qui chercha aussitôt à porter un coup mortel à la tête de la chimère. Apophis, décidément très rapide, parvint à lui infliger une entaille à la hanche, mais Alexis avait réussi à sectionner la carotide externe du monstre. Un torrent de sang s'écoulait du cou de la bête manifestement sonnée mais encore dangereuse. Apophis frappa de taille et, ce faisant, ne protégea plus sa tête. Alexis esquiva et enchaîna par un féroce coup d'estoc. L'œil fut transpercé et la pointe du sabre s'enfonça dans le cerveau de la chimère ; Apophis tomba à genoux puis mourut, le sabre planté dans le crâne.

Lorsque Jean-Pierre et sa décurie firent irruption, ils virent un Alexis ensanglanté posant triomphalement le pied sur la poitrine du monstre, la main fermée sur la poignée du sabre.

-Ben dites-donc ! haleta-t-il, ce cochon-là m'a fait mouiller la chemise !

Ariane, qui avait suivi la bataille, à la fois inquiète et admirative, jeta un œil sur l'avorton qu'elle avait abattu. Il restait à celui-ci encore un peu de vie et beaucoup de rage. Tenant toujours le boîtier, il parvint à tâtons à presser un bouton en criant dans un borborygme : « Crève, rebelle ! » Une seconde après, il fut pris de convulsions et partit pour l'Enfer. Cela ne surprit pas Ariane qui connaissait l'effet des nanoparticules libérées par les implants. Elle vint vers Alexis que les gardes pansaient, le prit dans ses bras en murmurant : « Merci, Alexis, gentil et vaillant homme ! ». Alexis sourit.

-Bon, dit-il à la cantonade, nous en avons fini avec ces deux saloperies. Le Monde Nouveau a définitivement perdu ! Allez, ce n'est pas le tout : ces deux tarlopes, à la table de dissection !

-Ouais, et toi au rapetassage, ordonna Martial accouru au bruit, tu as trouvé le moyen de déchirer la belle chemise de peau que t'a donnée ta mère ! Garnement, va ! ajouta-t-il en lui tirant l'oreille.

Après avoir recousu Alexis, le docteur François était perplexe en examinant le boîtier.

-Cet engin doit commander les implants, y compris celui de son porteur, si j'en juge d'après le témoignage d'Ariane. Attendez…

Il retira l'implant d'Enaid, le plaça sous le microscope.

-... C'est bien cela. Et ce n'est pas un suicide ! De toute façon, Ariane l'avait blessé mortellement...

François plaça l'un des implants de sa collection sous le microscope et actionna le boîtier : l'utricule se déchira, libérant les nanoparticules létales.

-Cela vous aurait tuée, Ariane, si vous aviez encore porté votre implant, même avec l'électronique grillée. Je pense que c'est une technique employant des nanotubes pour fabriquer l'utricule. Piste à explorer.

-Je suppose, dit Ariane, qu'il en serait allé de même pour la chimère. Le Monde Nouveau commettait de nombreux crimes mais effaçait les traces jusqu'aux exécutants. Ces deux imbéciles, fit-elle en désignant les cadavres, ne se doutaient pas qu'ils n'auraient pas pu savourer leur victoire, s'ils avaient réussi.

Averti des évènements, Paul Chervaz confirma :

-En effet ! Le Kapo Enaid n'était qu'un exécutant condamné à disparaître. Idem la chimère. Quant à cette engeance chimérique, son existence découle de l'exploitation inévitable d'une loi dite « *de bioéthique* » votée par une chambre d'enregistrement à la botte du président, en 2021, un an avant le Grand Reset. Ces fous dangereux se prenaient pour Dieu, mais comme Satan, ils n'ont su produire que des monstres !

Rentrée chez elle, Ariane, peu éprouvée par la bataille mais débordant d'admiration pour son sauveur, conta le combat à Isabelle et à l'attentive Bastet.

-Toi qui connais bien les héros, Ariane, auquel le comparerais-tu ?

-Qui ?

-Ne fais pas la sotte ! Tu sais très bien qui !

-Eh bien... répondit-elle en rougissant, je pourrais dire à Gilgamesh combattant Huwawa, si je ne m'en tenais qu'au seul décorum du combat. Mais, plus profondément, je le comparerais à celui qui affronte les périls pour revenir dans sa patrie, à Ithaque, retrouver son père, son épouse, son fils. Oui, Alexis est pour moi Ulysse, mon héros préféré !

-Donc, il a les vertus que tu attends d'un homme : avisé, vaillant, protecteur du foyer ?

-Sans aucun doute ! dit Ariane avec élan.

-Merveilleux ! conclut Isabelle.

XXX

Le temps était plutôt incertain en cette fin d'août 2052, néanmoins une foule considérable attendait l'avion en provenance de Moscou. L'on aurait dit que toute la population de Val-Aux-Blés s'était donné rendez-vous « *au Terrain* » pour accueillir les « *rescapés de quarante-six* », ce couple d'archéologues sauvé par les décuries. Depuis la nouvelle tour de contrôle, Alexis comptait six avions de combat et une douzaine de bimoteurs de transport sur le tarmac. La radio annonça la descente du MC21, puis le contrôleur donna l'autorisation d'atterrissage. L'appareil creva la couche nuageuse et se présenta en finale.

Quelques minutes plus tard la porte s'ouvrit, on approcha la passerelle au pied de laquelle se rangea un piquet d'honneur de la Garde. Martial, Ariane, Alexis, Isabelle et Hélène, la sœur de Michel, s'avancèrent au bas de la coupée. Quatre personnes sortirent, saluées par les vivats de la foule.

Ariane se précipita dans les bras de ses parents, tous trois versant des larmes de joie. Isabelle étreignit son fils Michel qui présenta la belle jeune femme blonde qui l'accompagnait :

-Macha, dit-il. Nous sommes fiancés.

Isabelle embrassa Macha, disant combien elle était bienvenue.

À la mairie de Val-Aux-Blés, Martial félicita les arrivants.

-C'est un grand plaisir d'accueillir les enfants prodigues ! C'est une joie de voir la famille de notre, oui, de NOTRE Ariane, enfin réunie, ce qui prouve qu'il ne faut jamais désespérer de la Providence... ni de l'efficacité de nos Gardes ! Toute notre communauté partage votre bonheur retrouvé, comme elle partage le vôtre, Isabelle, Hélène, Michel, Macha. Ce jour est à marquer d'une pierre blanche. D'autant plus qu'il n'a certainement pas échappé à nos vaillants citoyens qui se baguenaudaient « *au Terrain* » que pour la première fois depuis trente ans un avion venu de l'étranger a pu se poser dans le pays sans être obligé de le faire en catimini...

Ariane préféra, malgré son impatience, laisser Claire et Pierre se reposer du voyage, après des retrouvailles chaleureuses avec Paul Chervaz. Le lendemain matin, elle raconta à ses parents les circonstances qui l'avaient conduite à Val-Aux-Blés ainsi que les péripéties qui s'ensuivirent.

-Voilà qui ressemble beaucoup à notre propre aventure, dit Pierre. Nous avons eu de la chance, quelqu'un en relation avec les Rebelles a réussi à les prévenir et ils ont détruit le véhicule et les assassins qui nous suivaient. Nous roulions, comme toi, dans une de ces abominables « *Greta* », objet inepte tout juste bon à figurer dans un manège d'auto-tamponneuses. Les Gardes nous ont interceptés et nous ont rassurés en nous montrant ce qu'ils avaient découvert dans l'épave de la voiture suiveuse.

-Mais il fallait que nous fussions tenus pour disparus, ajouta Claire, pour notre sécurité et pour la tienne. C'était cruel, mais si tu avais connu la vérité, tu sais comment étaient les Kapos et le Représentant, ils auraient fini par deviner, ne serait-ce que par des mimiques, que tu la connaissais. Je pense que pour t'arracher aux Kapos, Paul Chervaz, te croyant orpheline, a relancé l'affaire des tablettes afin que tu sois recueillie par les Rebelles. Tôt ou tard, les Kapos auraient mordu à l'hameçon.

-Donc mon exfiltration de la Bulle était prévue, comprit Ariane. En fait, la reconnaissance du N644 par leur Intelligence Centrale a précipité le mouvement, s'ajoutant à mon refus de déférer aux ordres de l'IRT.

-Et tu avais raison, dit Claire, le don d'ovules t'aurait rendue stérile, car ils prenaient les ovaires pour les mettre en culture, ces criminels. Mais le N644… Si tu l'as obtenu malgré le risque, c'est que comme nous tu t'y intéressais ?

-Oh oui ! Je projetais de continuer tes travaux, mais je n'ai rien trouvé dans tes archives, alors je suis repartie de zéro.

Elle expliqua à ses parents ébahis le déroulement de son travail sur la tablette, ses hypothèses, l'état de ses recherches.

-C'est prodigieux ! s'exclama Pierre, tu es allée bien plus loin que nous et ton hypothèse sur le calcul de la racine des grands nombres par simplification récurrente à l'aide de la mantisse première du dernier chiffre... comment appelles-tu cet algorithme, déjà ?

-L'Algorithme du Traînard, juste pour rire !

-Eh bien ! Ton « Traînard » est tout simplement génial ! Tu es bien convaincue, comme nous, que N644 contient une trigonométrie ?

-Oui, sans racine de deux, sans pi, sans tout ce qui rend imprécise notre trigo actuelle, parce qu'ici tout s'exprime en un nombre fini de chiffres.

Ariane évoqua ensuite Alice et Aurélien. Claire pensait qu'elle pourrait faire enregistrer leurs sujets de thèse à l'Université de Moscou, Ariane devenant officiellement leur directeur de thèse. Ariane accepta, précisant qu'elle pourrait collaborer avec le Département d'Archéologie Moyen-Orientale à titre de correspondant étranger.

-Mais pourquoi ne viendrais-tu pas avec nous à Moscou ? suggéra Pierre.

-Parce que je dois la vie à la Communauté de Val-Aux-Blés, que je suis totalement assimilée et que je pense que mon avenir est ici. Néanmoins, mon petit Papa, nous pourrons désormais nous retrouver souvent.

-C'est normal, dit Claire, tu es majeure, tu dois faire ta vie.

XXXI

Ils en vinrent à évoquer la Russie et l'accueil réservé aux ressortissants de la Confédération lors de ces trois décennies de guerre. L'épidémie, plutôt bénigne mais répandue volontairement dans le monde entier en dépit du fait qu'une épidémie dépend hautement d'un écosystème précis, était une machination destinée à créer l'opportunité du Grand Reset supposé sauver la finance bancaire internationale par une gouvernance mondiale ; un coup d'état planétaire appliquant un scénario existant dès 2019, « *Event 201* », avec la complicité de Gates et de la CIA. Auquel s'ajouta quelques mois plus tard une guerre à l'Est, manigancée par les Américains.

Tout se déroula comme prévu, Gates ayant acheté l'OMS. La propagande incessante à l'échelle mondiale avait incité de nombreux gouvernements à prendre des mesures de confinement volontairement dévastatrices pour l'économie des pays. Malheureusement, en Russie même dans l'entourage du Président Poutine certains écoutaient les sirènes de l'OMS et de la CIA et l'économie russe en souffrit. Il y eut des troubles fomentés par la CIA et le MI6, mais réprimés, heureusement.

Cependant, le totalitarisme sanitaire ayant créé misère et esclavage numérique, il y eut des révoltes partout en Europe, et commencèrent les guerres civiles. Lorsque l'OTAN s'en mêla, les Russes comprirent le danger, leur armée prit position aux frontières, leurs forces nucléaires furent mises en alerte. Ils décidèrent de soutenir activement les Rebelles. Des accords furent passés et de nombreux rebelles, savants, ingénieurs, techniciens des pays en guerre virent coopérer à l'effort, étant convenu pragmatiquement que les résultats de leurs travaux seraient partagés entre la Fédération de Russie et la Confédération ; les deux parties y trouvaient leur compte.

C'est ainsi que fin 2046 Pierre fut intégré à Phystech et Claire à l'Université de Moscou, comme Michel au cosmodrome de Plesetsk. Pendant ce temps, dans l'ouest de l'Occident, s'installait la tyrannie totalitaire du Monde Nouveau ; dans les villes, car ce régime se heurtait à chaque instant à la rébellion rurale qui, peu nombreuse au début, finit par gagner l'ensemble des provinces et mena une guerre d'usure. Trente ans, jusqu'à ce que le Cosmos mît fin au Monde Nouveau !

Tandis qu'Ariane devisait avec ses parents, Martial convoquait Alexis à la mairie :

-Mon gaillard, tu vas faire ta demande aujourd'hui même ! Je suis invité à déjeuner au château, et je te ferai appeler au moment des digestifs. Tu viendras en grande tenue, avec des gants blancs ! Au trot !

Alexis ne discuta pas, car tel était son projet.

Le déjeuner rassemblait autour d'Ariane ses parents, Isabelle, Hélène, Michel, Macha, et bien sûr Martial... et Bastet ! L'on discuta de l'avenir. Il était maintenant possible de reconstruire tout ce que le Monde Nouveau avait détruit. Les Communes seraient les cellules de la Confédération tout comme les familles celles de la société. L'on veillerait à ce que des lois attentives brisent dans l'œuf toute tentative de constituer des monopoles, interdisent sévèrement toute manipulation sur l'espèce humaine. Le numérique serait strictement encadré par des instances élues, avec interdiction de s'approprier les informations privées des citoyens. Ces mesures de bon-sens faisaient l'unanimité dans les communautés.

Ariane écoutait et acquiesçait. Elle était superbe : Isabelle, adroite couturière, lui avait confectionné un tailleur bleu à veste cintrée et jupe étroite, mettant magnifiquement en valeur son harmonie et sa féminité. Ce n'est pas vraiment par hasard si la conversation roula sur les mérites d'Alexis.

-Ce garçon a fait ses preuves en tant que chef militaire, dit Martial. Il commandait les Crécerelles en 46, cette équipe qui a éparpillé vos poursuivants façon puzzle. Il a protégé la fuite d'Ariane, puis ils se sont magnifiquement complétés tant lors de l'évacuation des Naturels que dans la promenade qui a libéré Paul des brigands.

-Il m'a sauvée en combattant au sabre contre la chimère, intervint Ariane, sans lui... Voilà un homme courageux !

-Et un excellent mathématicien et physicien, ajouta Michel approuvé par Pierre.

Entre temps, Martial avait discrètement convoqué Alexis.

-L'aspirant centurion Alexis demande audience à Madame et Monsieur les parents de Mademoiselle Ariane, annonçant pompeusement un garde, se retenant de rire tant il forçait la note.

Alexis, en tenue impeccable salua la compagnie et s'adressa à Pierre et à Claire :

-Madame, Monsieur, j'ai l'honneur de vous demander la main de votre fille Ariane.

Bon, se dit Martial, c'est un peu désuet, mais voyons la suite. Pierre et Claire se regardèrent en souriant et Martial nota une petite larme au coin de la paupière de Claire. Pierre répondit :

-Fort bien, centurion Alexis, nous sommes favorables à votre projet d'union avec notre fille. Toutefois... il fit durer le silence ... toutefois Ariane est majeure, la décision lui revient. Parlez-lui.

Ariane s'avança, merveilleusement belle et radieuse. Alexis mit genou à terre devant elle.

-Ariane, un Garde ne plie le genou que devant Dieu, la Patrie et la Femme qu'il aime. Ariane, veux-tu m'épouser ?

Ariane mit sa main dans celle d'Alexis.

-Relève-toi, Alexis. Je veux être ton épouse devant Dieu et devant les hommes, et devenir la mère de tes enfants.

Voilà l'histoire !

Notes de l'auteur.

Le document N644 servant de fil rouge à ce roman existe réellement sous le nom de P322 (Plimpton 322). Une étude très sérieuse : « *Plimpton 322 is Babylonian exact sexagesimal trigonometry* » par Daniel F. Mansfield, N.J. Wildberger (School of Mathematics and Statistics, UNSW, Sydney, Australia) a été publiée en anglais dans la collection Historia Mathematica (Elsevier) dans ScienceDirect[1]. J'ai incorporé par pièces -et en l'arrangeant à ma manière- la traduction que j'ai faite de cet article la plume et le tableur Excel à la main. Pour être sûr que j'avais bien compris, j'ai écrit un assez gros programme en Pascal sous Delphi7 reprenant la plupart des calculs : ça marche !

Quant à la tempête solaire, j'en ai exagéré l'intensité, mais il y en eut de très fortes comme il y a environ 2 610 ans ou, plus près de nous, en 1859. Si un évènement semblable à celui de l'an 774 intervenait maintenant, selon Adrian Melott, cosmologiste de l'Université de Lawrence (Kansas), et l'astrophysicien Brian Thomas, de l'Université Washburn de Topeka (Kansas), « les victimes se compteraient par centaines de millions et

---

[1] Mansfield, D.F, Wildberger, N.J, *Plimpton 322 is Babylonian exact sexagesimal trigonometry* , Hist. Math. (2017), http://dx.doi.org/10.1016/j.hm.2017.08.001

l'Humanité ferait un bond en arrière de 150 ans. » [2] Je ne suis pas sûr que les cages de Faraday de la Communauté de Val-Aux-Blés et les « pétales Faraday » dont Michel a équipé les satellites russes auraient une efficacité garantie à 100% !

Mon dernier mot, lecteur : ne JAMAIS céder au totalitarisme, même s'il est enrobé de guimauve.

---

[2] https://www.notre-planete.info/actualites/2913-consequences-tempete-solaire-Terre